AF176124

1

David Jordan

Abschied

Ein sinfonisches Requiem

Inhalt

Round-Trip

„Hast du auch alles?" fragte mich die schöne Frau in der Wohnungstür. Ich schaute auf die Tüte, die ich in der rechten Hand hielt. Sie war rosa und durchscheinend. Ich konnte alles sehen, was in der Tüte war, und es machte auch den Eindruck, als wäre das alles. Ich schaute zurück zur Frau in der Tür und nickte.

„Ja, dann...", sagte sie.

„Ja, dann...", sagte ich.

Ich winkte ihr einmal zu und drehte mich dann um. Ich lief die Treppen ohne allzu große Eile hinunter bis zur Haustür. Ohne zu zögern, drückte ich die Klinge runter und öffnete die Haustür, die sich nach draußen öffnete. Ich trat hinaus und die Tür schlug von alleine hinter mir zu.

Die Sonne schien. Ich beschattete meine Augen mit der freien Hand, um sehen zu können.

Er wartete schon auf mich, wie immer vor der Gartenpforte, die zusammen mit einem Mäucherchen den Vorgarten vom Bürgersteig abgrenzte. Wie immer trug er einen Anzug wie ich. Er hatte aber im Gegensatz zu mir keine Tüte dabei. Bei meinem Erscheinen nickte er mir zu. Als ich durch die Gartenpforte getreten war, die automatisch hinter mir ins Schloss fiel, nickte er mir zu. Er machte dann eine Kopfbewegung nach vorne, die Straße runter. Ich nickte bestätigend.

„Ja, dann...", sagte er.

„Ja, dann...", sagte ich.

Wir überquerten die Straße und gingen dann immer den Bürgersteig folgend die Straße hinunter. Wir kamen an einer endlosen Reihe von Einfamilienhäusern mit Vorgärten vorbei, die durch Mäuerchen oder Buchenhecken vom Rest der Welt abgetrennt waren. Die Einfamilienhäuser waren alt oder neu. Die Einfamilienhäuser waren klein oder groß. Die Vorgärten waren klein oder groß oder hinter den Buchenhecken nicht zu sehen. Die Vorgärten hatten Rasen oder nicht oder waren hinter den Buchenhecken nicht zu sehen. Die Vorgärten hatten Bäume oder nicht. Die Einfamilienhäuser mit ihren Vorgärten befanden sich auf Grundstücken. Die Grundstücke hatten Garagen oder nicht oder waren hinter den Buchenhecken nicht zu sehen.

Am Himmel schien die Sonne. Taghell. Am Himmel gab es keine Wolken. Sie machten blau. Das war gut.

Er lief immer ein paar Meter vor mir. Wir kannten das Ziel, auch wenn wir den Weg nicht wussten. Das war aber okay. Je vertrauter uns die Gegend um uns herum vorkam mit ihren Bäumen am Bürgersteig und den geparkten Autos und den Schiffwracks überall, umso fremder wurde sie uns und umso sicherer wurden wir, auf dem richtigen Weg zu sein.

Er schaute sich von Zeit zu Zeit fragend nach mir um. Ich nickte dann bestätigend, was ihn dazu veranlasste, sich wieder nach vorne zu drehen und dem geraden Weg nach vorne immer der Straße lang zu folgen, während ich ihm folgte und sich alles rechts und links von uns hinter einem Nebel aus Ungewissheit zu verbergen begann, bis sich alles im Ungefähren eines Vortex aus ineinanderverkeilten UnWahrscheinlichkeiten aufgelöst hatte. Je weiter wir uns in der Fremden verirrten, umso verwirrender wurde die Vertrautheit um uns.

Die Straße ging über Stock und Stein. Die Straße kreuzte andere Straßen. Die Straße ging über Bäche hinweg. Die Straße kreuzte andere Straßen. Wir folgten ihr immer der Nase nach.

Wir folgten der Straße, bis sie schließlich und endlich und unaufhaltsam in einen Platz mündete. Auf der gegenüberliegenden Seite wurde der Platz von einem halbhohen Mäuerchen mit Tor gegen das abgegrenzt, was auf der anderen Seite lag.

Wir hielten, ohne unsere Schritte zu verlangsamen, unbeirrt unverdrossen auf dieses Tor in der Mauer zu, als wüssten wir, wo es lang geht und wo es kurz steht.

Als wir durch das Tor traten, wussten wir es dann auch tatsächlich, denn hinter diesem Tor, das hinter uns ins Schloss fiel, lag ein Schulhof.

Ohne sich noch einmal nach mir umzudrehen, hielt er nun geradewegs auf ein Gebäude zu, das aus der Entfernung das Aussehen einer Grundschule hatte, wenn ich nur gewusst hätte, wie eine Grundschule dieser Tage aussah.

Je näher wie diesem Gebäude kamen, das wie ein griechischer Tempel zur Zeit der Antike aussah, umso mehr ähnelte es einer Kirche nach der Konversion in ein Gemeindezentrum, nachdem man es in zuvor in einen buddhistischen Tempel umgewidmet hatte, der sein Fundament in einer Nekropole hatte.

Über dem Eingangsportal waren verschiedene Symbole angebracht, die ich trotz meiner Weltläufigkeit nicht zu deuten wusste.

Er drückte das Portal mit seiner Schulter auf und wir schlüpften durch den entstandenen Spalt ins

Innere der Gebärmutter. Wie schon auf der Straße ohne Wiederkehr wussten wir den Weg, aber nicht das Ziel dahin, wenn uns auch mit jedem Schritt das Unbewusste immer bewusstloser bewusst wurde.

Überall auf den Gängen standen Betten, in denen Menschen lagen. Die Menschen waren sehr hilfsbereit, obwohl sie krank waren wie Menschen im Krankenhaus, sobald sie sich in der Krankheit verloren hatten und in den Tod gingen. Diese Menschen waren sehr hilfsbereit, obwohl wir das Ziel doch waren und daher gar keine Hilfe unnötig hatten.

Wir bedankten uns sehr höflich bei den Menschen in den Betten und gingen ihres Weges, der uns vor eine Tür führte, neben der eine Tafel angebracht war, auf der das unklare Wort PSYCHIATRIE deutlich zu lesen war.

Er drückte auf einen Schalter unter der Tafel, den ich nie zuvor gesehen hatte. Die Tür öffnete sich wie von Geisterhand nach außen und ließ uns eintreten.

Kaum hatten wir aber den Bereich hinter der Tür betreten, schloss sich die Tür wieder wie von Geisterhand selbst und es baute sich vor uns eine Rezeption auf, die nicht besetzt war.

Ich baute mich direkt vor einem Telefon auf, das dort stand und mich interessiert voller Desinteresse anstarrte, als wäre ich der Anruf, auf den es wartete.

Er wollte aber nicht mit mir das Klingeln abwarten, sondern stahl sich links an der Rezeption vorbei in den Gang dahinter, um ihn sodann hinunter zu rennen. Er wurde immer kleiner und kleiner. Er wurde immer schwächer und schwächer, bis er strauchelte, stürzte und als ein Fötus auf dem Boden liegen blieb.

Die Rezeption niederringend umrundend wollte ich mich zu ihm stürzen. Aber eine nicht unfreundliche Stimme überholte mich überrundend. Sie forderte mich freundlich eindringend auf, nur ruhig weiter zu gehen.

„Wir kümmern uns schon um dich", sagte sie.

Ich ging also den Gang immer weiter hinunter, bis ich bei einer Zimmertür anlangte, die ich öffnete. Ich betrat das Zimmer hinter der Tür. Ich schloss die Tür hinter mir.

Ich setzte die Tüte auf dem Bett ab. Ich öffnete den Kleiderschrank. Ich zog den Mantel aus. Ich hängte den Mantel in den Schrank. Ich zog den Anzug aus. Ich hängte den Anzug in den Schrank.

Ich wandte mich wieder dem Bett zu. Ich griff nach der Anstaltskleidung auf dem Bett. Ich zog die Anstaltskleidung an.

Ich nahm die Tüte und verteilte die Abgase darin fein säuberlich im Zimmer.

Als ich nach der leeren Tüte greifen wollte, klopfte es kurz an der offenen Zimmertür. Ich schaute hoch. Die Stationsschwester stand in der Tür.

„Hallo!" sagte die schöne Frau. „Wie war es zu Hause?"

Ich machte eine Handbewegung, die das ganze Zimmer einschloss.

„Wie immer ist es zu Hause sauber und ordentlich", sagte ich zu der Erscheinung der schönen Frau.

Das Model

Natürlich ist es der Blick der anderen, der mich antreibt in meiner Arbeit. Dieses Erstaunen immer und immer wieder, wenn sie mich das erste Mal erblicken. Sie wirken vollkommen überrascht. Und dann sind hin- und hergerissen. Sie wollen den Blick losreißen – sei es aus Anstand oder weil das eigene Frauchen daneben sitzt. Sie wollen aber gleichzeitig auch weiter schauen, mich ganz und gar erschauen. Und manche finden den Mut dazu. Wie es mir dann erst kalt und sodann heiß den Rücken runterläuft. Dieses Sehen, dieses Erschauen ist Erkennen. Sie erkennen Schönheit. Sie erkennen wahre Schönheit. Sie erkennen mich.

Sie verstehen mich und dadurch sich selbst. Und je mehr ich verstanden werde, umso mehr verstehe ich mich. Umso tiefer dringe ich zu mir selbst vor. Zu dem, was sich da tief in meinem Inneren versteckt. Und je tiefer ich da vordringe, umso mehr steigt es an die Oberfläche und offenbart sich. Je weiter ich den Laufsteg entlang schreite, umso mehr verwandelt sich die mysteriöse Schönheit in die natürliche Schönheit der Reinheit durch das offenbarende Verstehen des Erschauten.

Nur manchmal bleibt da aber ein Rest von Unverständnis. Der Blick bezweifelt das sich ihm Entblößende, ja, er möchte die sich ihm anbietende Erkenntnis verweigern. Er glaubt nicht, was er sieht. Manche verweigern sich ganz und gar. Sei es, weil sie selbst nicht glauben. Sei es, weil sie nicht glauben wollen. Sei es, weil sie dem Offenbaren nicht trauen. Sie haben das Vertrauen zum Puren und Simplen, zum ganz und gar Natürlichen verloren. Sie halten mich für einen Trick, der der Manipulation dienen soll.

Nichts trifft mich härter als dieser Unglaube. Nichts trifft mich tiefer als dieses Misstrauen. Es lässt mich an mich selbst zweifeln. Ich stelle mich dann selbst in Frage und werde mir gegenüber misstrauisch. Bin ich wirklich die Person, die ich bin? Verwirkliche ich tatsächlich nur das, was ich in mir spüre? Bin ich wirklich die Verkörperung der Schönheit, eine Schönheit, die nichts anderes als das pure Glück ist, das Leben selbst? Was macht den Menschen glücklicher, ja, schöner als der Anblick, nein, die Gegenwart von purem Glück? Von Unschuld? Unschuldige Schönheit – ist das nicht das Ideal? Aber vielleicht bin ich einfach nur zu naiv, zu glauben, dass es keinen Menschen gibt, der nicht versteht, was er mit eigenen Augen sieht.

Leider ist es so, dass die Anzahl der Menschen, die der Ansicht sind, dass alles nur Fassade, alles nur schöner Schein, alles nur ein Vorwand, eine Vorspiegelung, eine Täuschung darstellt, in letzter Zeit gewachsen ist, was mir meine Arbeit erschwert. Es fällt mir immer schwerer, auf dem Laufsteg den Blicken entlang zu gleiten und die Menschen mit meinem Zauber zu beglücken. Immer häufiger ist es ein Laufen auf glühenden Kohlen oder noch schlimmer: ein einziger Spießrutenlauf. Jeder Blick ein Schlag.

Ich verstehe sie ja. Gerade in der heutigen Zeit, in der Computertechnologie ganz ohne Zauber aus einem Kaktus eine Orchidee machen kann – wer glaubt da noch, was er mit eigenen Augen sieht? Wer glaubt da noch der Realität und ihren Wundern?

Für meine Arbeit brauche ich aber den Blick der anderen, genauer: Ich brauche den Blick eines Kindes zu Weihnachten. Wenn es vor dem leuchtenden Weihnachtsbaum steht voller Erstaunen und Verzückung. Und ich weiß, dass ich härter an mir arbeiten muss, um glaubwürdig zu sein. Ich muss dem Bully aus Schulzeiten doch beweisen, dass ich nicht die hässliche Fotze bin, für die er mich gehalten hat, auch wenn es momentan den Anschein hat, dass er Recht hatte.

Zum Glück habe ich diese Diät entdeckt, die mir dabei hilft, wieder zu mir selbst zu finden. Das wirklich Tolle ist: Je näher ich meinem Ziel komme, umso mehr entferne ich mich von ihm.

Welch ein Ansporn, noch mehr zu leisten. Ich kann an gar nichts anderes mehr denken. Mein ganzes Sein ist ausgefüllt von diesem Gefühl, das mich den ganzen Tag über von Hochleistung zu Hochleistung jazzt. Dabei geht es gar nicht um irgendwelche Gewichtsangaben auf der Waage oder darum, noch ätherischer auf den Bildbetrachter zu wirken. Es geht um mich, einzig und allein um mich allein.

Das erste Mal habe ich sie gesehen, als ich mit einem Freund auf einer Automobil-Ausstellung war. Sie arbeitete als… als was eigentlich? Die Automobil-Ausstellung, auf der ich sie das erste Mal sah, war meine allererste Automobil-Ausstellung überhaupt. Nicht, dass mir Autos nicht gefallen hätten, aber wenn der Freund nicht gewesen wäre,

wäre ich nie zu dieser Ausstellung gegangen. Ich muss aber zugeben, dass sie mich umhaute. Ich meine damit in erster Linie die Ausstellung als Ganzes. Dabei vermag ich bis heute nicht zu sagen, was mich mehr in seinen Bann zog – die Autos selbst oder die Frauen neben auf und hinter den Autos. Eine solch geballte Ladung von atemberaubendem Design und überwältigender Schönheit gibt es selten. Dabei war es schon auffällig, wenn man sich erst einmal näher heran getraut hatte, wie viele der Damen ihre Linienführung operativ optimiert hatten.

Das war es dann auch, warum sie mir auffiel: Sie besaß eine vollkommen natürliche Schönheit verbunden mit einer Ausstrahlung von solch purer Unschuld. Sie passte nicht in dieses Ambiente. Und sie fühlte sich auch unwohl, so war mein Eindruck. Dabei mochte es nicht einmal die Aufmerksamkeit all der Kameras gewesen sein, die da auf ihr gerichtet waren. Vielmehr war es wohl die Nervosität der Debütantin. Sie stand augenscheinlich noch ganz zu Anfang ihrer Karriere.

Wenn ich mich bei Ihrem Anblick auch augenblicklich schmutzig fühlte, was ich durch gespieltes Desinteresse übertünchte, hätte ich damals zu gerne ein Foto von ihr gemacht. Es war ja auch nicht verboten, es war sogar ausdrücklich erlaubt. Genau dazu waren wir schließlich alle hier. Dafür stand sie nebenaufhinter dem Auto und wir davor. Aber gerade weil ich eben wirklich an ihr interessiert war und nicht an einer Wichsvorlage, machte ich kein Foto von ihr. Ich wollte sie, den Menschen, nicht das Model. In gewisser Weise habe ich aus Respekt vor ihr als Mensch kein Foto von ihr gemacht. Naive Romantik eines Blitzverliebten, wenn Sie so wollen.

Bitte halten Sie mich aber nun nicht generell für einen verträumten Romantiker. Nur einen Automobilhersteller weiter warf ich mich in das Gemenge alter geiler Säcke mit ihren Penisprothesen und drückte selber ungehemmt ab. Es war nun einmal so auf dieser Art von Ausstellung: Kaum hatte man das schönste Mädchen der Welt erblickt, wartete kaum fünf Schritte weiter das nächste schönste Mädchen der Welt. Dabei entsprachen diese mehr den klassischen

Schönheitsidealen, sind Autoliebhaber doch mehr konservativ veranlagt, als dem, was heute als Schönheit gilt und gesichts-, geschichts- und persönlichkeitsfrei in körperloser Androgynität die Laufstege bevölkert.

Aber dieses ständige Bombardement der Sinne, diese Sintflut körperlicher Reize war dann auch der Grund, warum ich sie beim Verlassen des Ausstellungsgeländes schon wieder vergessen hatte. Es war einfach zu viel des Schönen gewesen: ein Overkill an ‚beauty queens'. Schönheiten vom Fließband im Dutzend außerhalb meiner Reichweite. Wer sich da Hoffnung machte, dem war nicht mehr zu helfen. Ein zynisches Illusionsspektakel. Essen, ohne zu essen. Darum hatte ich am Ende den Pap so was von satt. Ich konnte keine dieser Schaufensterpuppen mehr sehen. Das war einfach nicht meine Realität.

Natürlich haben es auch andere nicht einfach. Sie haben aber ihre Familie, die sie auffängt und

ihnen Halt gibt, worüber ich aber nun einmal nicht verfüge, was niemandes Schuld ist. Es ist einfach so. Punkt. Aus. Und: fertig!

Zum Glück habe ich aber Freunde. So ist das in unserer Branche. Und die wahren Freunde erkennt man in der Not. So habe auch ich erkannt, wer sich nur als ein Freund ausgegeben hat, um von mir und meinem Erfolg zu profitieren, und wer ein wahrer Freund ist. Ein Helfer in der Not eben.

Ein Freund, der einem die harten Zeiten durchzustehen hilft. Der dafür sorgt, dass trotz aller Wolkenbrüche und Stürme rings um einen herum immer die Sonne scheint, wenn ich das mal so poetisch formulieren darf. Der dafür sorgt, dass man trotz 14 Tage Hungerns nicht zusammenklappt, sondern unbeirrt und unbeeindruckt von sich selbst seine Arbeit machen kann. Der endlich für die scharfen Linien im Profil sorgt, auf dass man nicht mehr darauf angewiesen ist, dass jemand den unglückseligen Babyspeck aus Kindheitstagen wegretuschiert. Der einen neue Freunde finden lässt, die einen wirklich verstehen, weil sie mit den gleichen oder ähnlichen Herausforderungen zu kämpfen haben.

Wie ich einige davon beneide, denn natürlich sind nicht alle in der Position, in der ich mich befinde. Sie haben ihren Freund noch nicht die Show übernehmen lassen. Oder sie hatten diese unglückselige Erfahrung schon und haben daraus gelernt.

Sie haben ihre Sucht im Griff und nicht die Sucht sie. Ja, da gucken Sie, was? Ich bin auch immer wieder erstaunt, wie es manchen gelingt, die eigentlich noch viel schlimmere Koksnasen sind als ich, die viel, viel, viel mehr kaputter sind als ich.

Aber vielleicht verschließen sie sich auch einfach nur der Wahrheit dessen, was ich entdeckt habe: Wenn dich die Sucht übernimmt, bist du nur noch Sucht und nicht mehr du selbst. Nichts ist mehr du an dir.

Wer nicht erlebt hat, wie befreiend das ist, wird es wahrscheinlich nie verstehen. Du bist nichts mehr. So bist du auch nicht mehr wichtig. Und all die Ungerechtigkeiten und Verletzungen, die dir zugefügt werden, all die Niedertracht, der Neid, der Hass und dieses nie enden wollende Unverständnis, das seinen schlimmsten Ausdruck in dem Satz „Du lügst." findet, verlieren an Bedeutung, werden vollkommen bedeutungslos und verschwinden in ihrer Unwichtigkeit.

Natürlich stehen sie einem weiterhin im Weg. Aber sie sind nicht mehr der Bully, der mir auf dem Nachauseweg aufgelauert hat. Sie sind nicht einmal wie diese lästigen Mücken in Dritte-Welt-Hotels kurz vor dem Einschlafen. Sie sind eher so wie die plötzlich wie aus dem Nichts auftauchenden Fruchtfliegen über der Obstschale. Nervig zwar, aber nicht existenzbedrohend. Man ersetzt einfach das faulende Stück Obst durch ein neues. Man legt sich unters Messer – und schon ist man wieder ein ganz neuer Mensch. Die durch die Sucht zerstörte Nase sieht wieder wie früher aus. Sie sieht sogar besser aus, als die alte je war. Nicht so breit und flach, sondern ganz scharf und schnittig.

Ohne die Sucht hätte ich mich nie zu dem Schritt entschlossen, einen Experten aufzusuchen. So

war es aber kein großes Ding mehr. Was ist schon dieser Körper für eine große Sache, der ohne meinen Freund zu gar nichts mehr in der Lage wäre?

Einige Jahre später dann traf ich sie rein zufällig auf der Party eines Regisseurs. Er war gerade dabei, einen Werbefilm zu drehen, in dem auch sie vorkam. Mit diesem Projekt hatte ich jedoch nichts zu tun. Mich wollte der Regisseur für ein anderes Projekt gewinnen – daher die Einladung.

Auf jener Party war sie nun ebenfalls auch. Ein ganz anderer Mensch war sie geworden. Sie war zu der Zeit ein aufsteigender Star – noch nicht ganz an der Spitze, aber fast. Kaum wiederzuerkennen.

Wie es auf Partys so geht, wo es immer Leute gibt, die überhaupt niemanden kennen, fingen wir an zu plaudern, als wir rein zufällig nebeneinanderstehend auf unsere Drinks an der Bar warteten.

Ich wusste zu dem Zeitpunkt ihren Namen noch nicht, doch war mir ihr Gesicht von Werbeanzeigen und Plakatwänden nicht gänzlich unbekannt. Und hier nun das vollkommen Unerklärliche: Sie wusste nicht, wer ich war. Sie erinnerte sich aber an mich. Nachdem wir zunächst Smalltalk zu dies und das und jenes gemacht hatten, stutzte sie auf einmal, legte den Kopf schief, schaute mich ungläubig an und fragte dann, warum ich sie damals auf der Ausstellung nicht fotografiert hätte. Ich wusste zuerst gar nicht, wovon sie sprach und erkundigte mich meinerseits, wovon sie denn nur redete. Da erzählte sie mir von der Automobil-Ausstellung, der ihr erster Job im Model-Bereich überhaupt gewesen war. Sie erinnerte sich an jedes Detail. Ich hatte schon längst alles komplett vergessen gehabt. Als sie aber eine bestimmte Geste machte, sah ich sie aus einem anderen Blickwinkel und wurde auf einmal der Person gewahr, die sie dereinst gewesen war und von der noch Spurenelemente hier und da in der Person vor mir zu erhaschen waren. Meine damaligen Schauspielkünste, die ich unerwähnt ließ, schienen jedenfalls ihren Zweck erfüllt und ich einen bleibenden

Eindruck hinterlassen zu haben. Bei dieser Erkenntnis öffnete sich etwas in mir, von dem ich bis heute nicht exakt zu sagen vermag, was es war.

Den Rest der Party verbrachten wir zusammen. Es war einfach unheimlich. Eine solch instinktiv-intuitive Verbundenheit hatte ich nie zuvor empfunden. Dieses Gefühl völliger Vertrautheit, es ließ mich geradezu erschauern. Vollkommenes Verständnis. Nie zuvor und auch selten hernach habe ich mich wieder so gut, so intensiv mit einem anderen Menschen austauschen können! Und das besonders Besondere an diesem Abend war, dass uns von den anderen niemand störte. Sie ließen uns in Ruhe, hielten ihren Abstand. War es ihre Bekanntheit? Oder war es diese Aura um uns, die uns gegen die Außenwelt abschloss? Auch wenn ich es mir damals sicher nur eingebildet habe: Es hatte sich wahrhaftig so angefühlt. Wir waren aufgehoben in unserer eigenen Welt.

Wenn ich seinerzeit nicht in einer Beziehung gewesen wäre, wer weiß, was aus uns beiden geworden wäre. Doch die Frau, mit der ich zu der damaligen Zeit zusammen war, liebte ich tief und inniglich. Sie war mein Zuhause. Wir waren zwar total unterschiedlich, aber was schert das die Liebe schon?

Wir lieben eben, wen wir lieben. Das Einzige, was wir dagegen tun können, ist die Liebe nicht zuzulassen oder sie zu sabotieren. In ihrem Fall habe ich die Liebe nicht zugelassen. Im Fall der Frau, mit der ich zu dem Zeitpunkt der Party zusammen war, habe ich es dann wenig später sabotiert und das Zuhause abgebrannt. Danach habe ich aber nicht versucht, zu ihr Kontakt aufzunehmen. Das will ich noch einmal ausdrücklich betonen. Was hatte ich ihr seinerzeit auch schon zu bieten gehabt?

Natürlich hat das in meiner Branche Konsequenzen, wenn man auf natürliche Weise nicht mehr so gut aussieht wie zuvor. Aber werden wir nicht alle älter? Und was kann ich dafür, wenn ich mir nicht den Besten unter

diesen Metzgern leisten konnte? So sieht das natürlich schon von Anfang an nicht so gut aus wie bei den Koreanerinnen, die mit ihrer Kimchi-Diät sowieso ganz andere Voraussetzungen mitbringen und bei denen ich mich sowieso immer frage, wozu sie das Ganze überhaupt brauchen. Gut, bei den Titties kann ich es ja noch irgendwie nachvollziehen. Andererseits sollten sie sich glücklich schätzen. Sie werden nie diese Hängeeutertitties haben, die einem bis in die Kniekehlen hängen, wenn sie einmal ein bestimmtes Alter erreicht haben. Aber vielleicht legen sie sich dann einfach noch einmal auf die Schlachtbank. Es ist ja wie mit Drogen: Es ist eine Sucht. Du brauchst in regelmäßigen Abständen deinen Fix. Und natürlich muss die Dosis jedes Mal gesteigert werden.

Aber vielleicht haben sie es, bis sie in mein Alter kommen, auch schlauer gemacht als ich und haben sich den sprichwörtlichen Millionär geangelt. Da fällt mir ein: Sind die da mit ihren Wons nicht alle Millionäre?

Und mal ganz ehrlich unter uns Betschwestern: Wer will schon als Hure in Festanstellung enden? Ist es als Freelancerin nicht viel schöner? Von mir aus auch als feste Freie. So kann der Nächste immer der mögliche Traumprinz sein. Man muss sich nicht auf den Froschprinzen festlegen. Und wer möchte schon eine

Hure als Mutter, bitteschön? Viel besser ist es da doch, wieder kleinere Brötchen passend zu den Titties zu backen. Sagen das nicht auch viele Rockstars? Die Atmosphäre in kleinen Clubs soll viel besser sein als in den Monsterarenen.

Es ist gar nicht mehr so schlimm, nicht mehr im Rampenlicht zu stehen. Die Branche ändert sich momentan dermaßen schnell und gewaltig, wie gut ist es da für diejenigen, die schon geübt darin sind, auf das Selbstverständliche zu verzichten.

Wir leben in neuen Zeiten. Wo brauchen wir da noch die Limousine mit Chaffeur und

Champagner, die uns zum Arbeitsplatz bringt? Besser eine Apfelsine zum Frühstück. Das stärkt die Abwehrkräfte. Und wozu brauchen wir eigentlich einen festen Arbeitsplatz? Unsere Arbeit können wir auch draußen verrichten. Und wozu brauchen wir überhaupt noch einen Arbeitsplatz? COVID-19, das Klima – wir werden alle sterben. So oder so.

Natürlich ist es nicht einfach, sich wieder einzuschränken wie früher, wo man nichts hatte außer Bullys und Stalker. Verbrauchen wir nicht sowieso zu viele Ressourcen? So verzichte ich gern – sei es auf die Limousine oder das Apartment.

Es ist wirklich eine interessante Erfahrung. Zurückgeworfen auf die Vergangenheit. Leben auf der Straße. Sollen doch diese gelifteten Fotzen in ihren Öko-SUVs an mir vorbeifahren und sich für etwas Besseres halten, während sie ihren Nachwuchs zur Schule bringen, wo dieser auf das zukünftige Leben als Hure vorbereitet wird. Sie werden nie verstehen, welche wichtige Erfahrung ich mache.

Eine Erfahrung, die viel existenzieller ist als jede Drogenerfahrung. Eine Erfahrung, die sogar tiefer unter die Haut geht als jede Schönheits-OP oder das Bullying damals. Eine solche Angst um meine Existenz hatte ich vorher noch nie gehabt. Es ist geradezu unheimlich, wie klein dagegen alles wird – bis es verschwindet. Ja, ich kann noch nicht einmal verstehen, was mir früher an all dem Besitz gelegen hat. Aber das mag Ergebnis einer Entwicklung sein, die schon viel früher eingesetzt hatte. Was ist schon eine goldene Uhr gegen einen Fix? Obwohl, ja, ich gebe zu: Eine goldene Uhr kann nützlich sein, wenn man gerade einen Fix braucht und kein Bargeld zur Hand hat. Dafür war sie gut. Wie all der andere Schmuck auch. Das gebe ich zu. Und in der ersten Zeit half das Heroin auch, die Zeit auf der Straße zu vergessen. Bis auch dieser Freund mich schließlich für eine andere verließ. Die Trennung war ein Schock. Traumatisch.

So ganz allein. Mit ohne alles, wie man in meiner früheren Pommesbude in meiner Heimatstadt immer zu sagen pflegte. Das Leben ist eben nicht einfach. Ein Hundeleben. Aber es gibt Menschen, denen geht es viel schlechter als mir. Ich habe sie früher auf dem Weg zur Arbeit auf der Straße gesehen. Oder im Fernsehen, wenn von Afrika, Asien und Südamerika berichtet wurde. Oder auf dem Friedhof.

Ich habe ihre Karriere nach dem zufälligen Beisammensein auf der Party aufmerksam verfolgt. Das war alles. Ich bin doch kein Stalker. Das möchte ich hier an dieser Stelle noch einmal und für alle Zeiten klarstellen.

War ich ein Fan? Ja.

War ich verliebt? Ja.

War ich ein Fan, weil ich verliebt war? Jein.

Ich interessierte mich für sie und für ihre Arbeit. Schönheit inspiriert oder kann inspirieren, insbesondere Künstler. Und sie war ein unerschöpflicher Inspirationsquell! Dabei muss ich aber betonen, dass ich das allein auf ihre Arbeit bezogen meine. Ihr Privatleben hat mich nie interessiert. Dieser Aspekt ihres Lebens war für mich nicht von Belang. Dabei muss ich aber zugeben, dass die Einzelheiten aus ihrem Privatleben, die ich da und dort rein zufällig erfuhr, mir zuweilen größte Kümmernis brachten. Dabei bin ich mir aber nicht sicher: War es der ‚fan boy‘, dessen Göttin ihn gerade mit einem Unwürdigen betrog, bei dem solcherlei Nachrichten heftigste Eifersuchtsattacken auslösten? Oder war es der Künstler, dessen Muse sich gerade für einen anderen auszog, dafür verantwortlich, dass ich mich bei diesen Nachrichten in Eifersuchtsorgien erging? Rückblickend betrachtet muss ich sagen, dass es wohl beide Seiten meiner Persönlichkeit waren, die da gemeinsam aufheulten und in ihrer Zerstörungswut blutigste Vernichtungsphantasien wahr werden ließen. Rein metaphorisch gesprochen, versteht sich. Nicht, dass Sie mich hier falsch verstehen wie so viele.

Deshalb war ich auch umso froher, als es mit ihrer Karriere bergab ging. So musste ich sie nicht mehr mit so vielen Menschen teilen. Auf diese Weise brauchte ich sie mit immer weniger Menschen teilen, bis zum Schluss nur noch ein einziger übrig blieb: ich. Dabei war mir schon damals klar, dass dieser Gedanke nicht nur in geradezu widerwärtiger Weise egoistisch war, sondern hochgradig kindisch dazu. Wie unreif war das denn, dass ich einem Menschen, der sich meiner gar nicht mehr erinnern konnte, die Macht verlieh, meinen Gefühlshaushalt zu bestimmen? Wie dumm konnte ich nur sein, ihr die Macht zu geben, mich zu verletzen? Und das tat sie ausgiebig mit jedem Clown, für den sie ihren Minirock hob. Ich hab's doch gesehen. Durchs Fenster, ich meine, jeden verdammten Clip und Porno, den es von ihr gab, habe ich mir angesehen. Was kann ich sagen? Es gab eine kurze Phase in meinem Leben, in der der ,fan boy' übernahm. Ganz bewusst hatte ich ihm das Steuerrad überlassen, um bloß nicht an die Beziehung denken zu müssen, die ich zuvor voller Absicht so kläglich gegen die Wand gefahren hatte. Glücklicherweise kam es dieses Mal nicht zu einer Katastrophe. Der kontrollierte Kontrollverlust hatte sogar seine positiven Seiten. Es entstanden Texte, die sich zu Geld machen ließen. Von irgendwas musste ich als freier Schriftsteller doch leben. Und war es etwa nicht unbezahlte Werbung für sie gewesen?

Natürlich stimmt es nicht, wenn ich sage, dass ich allein bin. Wer liebt, ist nicht allein. Da mag es auch keine Rolle spielen, dass mich die Person, die ich liebe, schon vor langer Zeit verlassen hat. Oder war es erst vor Kurzem? Ich erinnere mich nicht mehr. Ich kann gar nicht mehr genau sagen, wann es war. Vielleicht war es genau zu der Zeit, wo es mir so schlecht ging. Das muss es sein, weshalb auch

der Verlust mich damals nicht so stark getroffen hat, wobei der Schmerz mich aber schon ganz schön ausgefüllt haben muss, sonst würde ich mich ja gar nicht mehr daran erinnern, richtig? Und sonst würde ich die Person nicht immer noch lieben, nicht wahr? Die Drogen waren jedenfalls keine große Hilfe gegen den Schmerz – bis ich auf andere umgestiegen bin und die Dosis erhöht habe. Oder war das vorher gewesen? Erinnern kann ich mich, wie gesagt, nicht mehr genau. Aber seine Enttäuschung und die Verletzung, die ich ihm beigebracht hatte, standen ihm ins blutende Gesicht geschrieben. So enttäuscht und so verletzt war sie. Hatte er nicht auch davon gesprochen, welche großen Sorgen sie sich um mich machte? Ich glaube, mich daran erinnern zu können.

Wie dem auch sei oder gewesen sein mag. Ich warf die Person raus. Nur so konnte ich sie wirklich lieben, ohne dass sie diese Liebe zu stören in der Lage war. Sie hätte doch alles nur wieder ruiniert, wie sie das immer tun. Ist doch so. Quasseln einen voll, verstehen aber selber nur Bahnhof. Tja, bis der Zug eben abgefahren ist, um im Bild zu bleiben.

Ist es denn so auch nicht viel besser, um ganz ehrlich zu sein? Was man hat, hat man. Keiner kann mir die Liebe zu ihm rauben, nicht einmal sie selbst, indem sie von sich aus geht.

Auch wenn es vielleicht so war, daß er gegangen ist, weil sie mit einem Junkie... – Was wollte ich sagen? Ich meine natürlich: Weil sie mit einer dauerbeschäftigten Hochleisterin wie mir nichts mehr zu tun haben wollte. Genau weiß ich es ja nicht mehr. Aber ich erinnere mich, dass sie mich wieder zu einem häßlichen Etwas machen wollte wie zu unseligen Schulzeiten schon. So jemanden darf man doch nicht lieben, auch wenn die Liebe zu ihr tiefer geht als jedes in mir reingestochene Messer. Also habe ich sie vor mir gerettet. Und meine Liebe dazu.

Seitdem kann ich ihn immer so lieben, wie sie es verdient hat. Und sie wird immer so bleiben, wie sie im wirklichen Leben nie war. Ist das nicht die beste Lösung für alle Beteiligten? Sind wir auf diese Weise nicht alle in Sicherheit – vor uns? Sie, wo immer sie auch sind. Und ich in meiner Liebe zu dieser Person. Keiner stört uns. Keiner gefährdet unsere Liebe zueinander. Eine Liebe, die ich damals nicht gefühlt habe. Nichts hatte ich damals gespürt. Rein gar nichts. Nicht einmal das Messer beim Aufschlitzen der Pulsadern.

Und natürlich war es nicht einfach gewesen, ihn in ihre Arme zu treiben, damit ich einen Grund hatte. Wozu auch immer. Ein Grund musste her. Um es halt zu rechtfertigen. Sie wissen schon. Ich muss das nicht weiter ausführen. Es war sehr

unschön. Und schlechten Sex hatten sie auch. Ob das nun an den KO-Tropfen oder am Dildo mit Widerhaken lag... – Wo war ich?

Natürlich. Zum Glück droht unserer Liebe jetzt keinerlei Gefahr mehr. Weder werde ich ihr mit Kunden, die besser bezahlen, untreu noch mit irgendwelchen Freunden. Und er braucht sich nicht mehr um Verständnis bettelnd der billigsten Straßenhure mit verständnisvollen Kuhaugen an die Euter zu hängen. Eine klassische Win-Win-Situation also, nicht wahr?

Im Laufe der Zeit wurde die Arbeit immer mehr, da immer mehr Texte von mir nachgefragt wurden. Über all diese Arbeit verlor ich sie dann für einige Jahre komplett aus den Augen. Dabei kann ich heutzutage aber auch, ohne rot zu werden, zugeben, dass dies auch aus reinem Selbstschutz geschah. Nicht, dass ich etwas von ihr gewollt hätte, aber sie war zu einer fixen Idee geworden. Die mit der Zeit aber immer hinderlicher wurde. Sie schränkte mich und meine Möglichkeiten zu sehr ein. Sie hinderte mich zusehends daran, auf das Leben zuzugehen und all die Chancen zu ergreifen, die sich mir boten.

Ab einem bestimmten Punkt wollte ich nicht mehr so weitermachen wie bisher. Sicher, ich hatte mit meiner kunstvoll verklausulierten ‚fan fiction' wachsenden Erfolg. Aber ich merkte, dass ich dem entwuchs. Ich entwickelte mich weiter. Nicht nur schriftstellerisch, sondern auch emotionell. Ich emanzipierte mich mit der Zeit von ihr und wendete mich anderen Menschen und anderen Stoffen zu.

Zwar war mein Verlag zunächst nicht so begeistert, aber nachdem ich der Verlagsleitung versprochen hatte, ein letztes

Werk in der alten Tonart zu liefern, und sie zudem vom neuen Konzept überzeugt konnte, war es der Verlag dann doch zufrieden.

Fünf Jahre rackerte ich und schuftete ich wie ein Beserker an dem neuen Werk. Es war ein Knochenjob. Ich ging im wahrsten Sinne des Wortes auf dem Zahnfleisch. Zu unser aller Überraschung verkaufte sich dieses erste Werk im neuen Sound bombastisch. Und als wäre das nicht genug, stimmten die Kritiker eine Lobeshymne nach der anderen an. Dabei wäre genau das Gegenteil zu erwarten gewesen. Denken Sie nur daran, was vielen Bands widerfährt, wenn sie nach mehreren Jahren Pause ein Album mit neuem Sound rausbringen. Glücklicherweise blieb ich von diesem Schicksal verschont. Aber ich war nun einmal auch keine 27 mehr.

Das Rad der Fortuna jedoch dreht sich ohne Unterlass. Ich war gerade auf dem Weg zu meinem Café, als mich die Textnachricht des Verlages erreichte, dass mein neues Werk auf allen Bestseller-Listen die Top-Position erklommen hatte. Während ich die Nachricht freudig erregt las, lief ich weiter und wurde plötzlich von einer Frau angerempelt. Ich schaute hoch, um mich zu entschuldigen – und erstarrte innerlich, ohne mir äußerlich auch nur das Geringste anmerken zu lassen.

Ich hatte sie augenblicklich erkannt, mochte von ihr auch nichts mehr übriggeblieben sein. Nicht das Geringste war mehr da von ihr. Kein Hauch. Keine Andeutung. Nicht einmal die Andeutung einer Andeutung! Hatte ich mich dermaßen verändert, fragte ich mich da unwillkürlich entsetzt im Stillen meiner weinenden Seele.

Sie schaute mich nicht an, sondern seitlich an mir vorbei, murmelte etwas und war dann an mir vorbei. Einen Augenblick lang wollte ich ihr nachlaufen. Für einen Augenblick wollte ich sie mit in mein Café nehmen, wo wir beide für unbestimmte Zeit wieder in unsere eigene Welt abtauchen konnten, bevor ich ihr ganz praktisch meine Hilfe anbieten würde. Es blieb bei diesem einen kurzen Augenblick der Schwäche, denn ich drehte mich schnellstens um und rannte nach Hause, um meiner Frau persönlich die gute Nachricht zu überbringen.

Ich war Realist. Sie war nicht mehr meine Welt.

Natürlich habe ich übertrieben, als ich sagte, dass unserer Liebe keine Gefahr mehr droht. Wir sind alle Menschen. Menschen sind Lebewesen. Lebewesen sterben. Es ist nur die Frage, wann. Es nur die Frage, wie. Es ist nie die Frage, ob.

So hat mich die Diagnose nicht wirklich erschreckt. Wer schon einmal von einer Überdosis zurückgekehrt ist, wer wiederholtes Bullying und Mobbing überstanden hat, wer ein gebrochenes Herz und Selbstmordversuche überlebt hat, für den hat eine tödliche

Krankheit jeglichen Schrecken verloren. Das Leben geht ja weiter, selbst wenn man sich weder Leben noch Krankheit noch Tod noch das Leben danach leisten kann.

Natürlich, schön ist die Diagnose nicht. Aber weltverändernd nun auch nicht. Nicht wirklich jedenfalls. Wer wird mich schon vermissen? Ich mit Sicherheit nicht. Wenn ich tot bin, habe ich mit tödlicher Sicherheit wichtigere Dinge zu tun, als an meinem Grab zu stehen und bedeutungslos elendig rumzuheulen als gebe es keinen Morgen. Für die Überlebenden gibt es immer einen Morgen. Ist das nicht Trost genug für sie? Was wollen sie mehr? Sie sind in diesem

Spiel im Unterschied zum Idioten im Grab vor ihnen doch auf der Gewinnerseite. Noch jedenfalls. Für mich jedenfalls ist es der größte Trost überhaupt, dass es für mich schon bald keinen Morgen mehr geben wird. So muss ich mir auch nichts mehr vormachen und auf irgendwas hoffen. Worauf denn auch, bitteschön? Aus ist aus. Das entlastet, ja, erleichtert ungemein. Wenn nur dieser Schmerz nicht wäre.

Nicht, dass ich Schmerzen nicht kennen würde. Aber dieser Schmerz ist anders als all die Schmerzen, denen ich bisher begegnet bin und denen ich erfolgreich die Stirn geboten habe, indem ich sie jeweils mit einem noch viel größeren, mit einem noch viel fieseren Schmerz überwunden habe.

Aber dieser Schmerz ist noch größer und fieser als jeder Bully dieser Erde. Der Bully damals wollte meine Schönheit, meine Einzigartigkeit zerstören. Er wollte mir meine Menschlichkeit stehlen. Er wollte mich zu demselben miserablen, seelenlosen, hässlichen Ungeheuer machen, das sie selber war.

Aber dieser Schmerz will mir nicht meine Schönheit zerstören. Er will mir nicht meine Seele rauben. Dieser Schmerz will mir einfach nur ans Leben. Aussehen, Ansehen, Besitz sind ihm schnurzegal. Und selbst durch Drogen lässt er sich nicht täuschen – nur ich. Dieser Schmerz ist so unpersönlich, auch wenn er es auf mich persönlich abgesehen hat. Das Entscheidende ist aber: Ich persönlich bin ihm nicht wichtig. Ich bin nur rein zufällig im Weg. Mit den Bullys dieser Welt ist das was ganz Anderes!

Vielleicht mag Sie dieses Geständnis überraschen, aber ich bin diesem Schmerz dankbar. Nicht wegen seiner unpersönlichen Vorgehensweise, die mich rein zufällig zu seinem Opfer macht, nein. Ich bin ihm für Anderes dankbar.

Zuerst war dieser Schmerz klein und unbedeutend, tauchte hier mal auf und tauchte dann da wieder unter, ohne große Wellen zu schlagen. Er blieb für lange Zeit ein Tausendgesicht, bevor er sich in das unfassbare Antlitz des tausendfachen Schmerzens wandelte. Er wurde mit der Zeit immer stärker und stärker. Je stärker er wurde, umso unbedeutender wurden alle anderen Dinge im Leben – alle anderen Dinge des Lebens. Alles verlor mit der Zeit seinen Sinn, weil es an Zukunft verlor. Einzig der Schmerz hatte und hat noch eine Zukunft, ein Ziel: meinen Tod.

Einzig der Schmerz ist noch da und wächst. Er füllt mich immer mehr aus. Und je mehr er mich ausfüllt, umso weniger mache ich mir um all die Dinge Gedanken, die mir einst so wichtig waren.

Dinge, von denen ich meinte, dass sie in der Lage waren, meine Existenz zu ändern – zum Guten oder zum Schlechten. Und natürlich machten mich besonders die Dinge verrückt, von denen ich meinte, dass sie meine Existenz bedrohten, ja, bei denen ich sicher war, dass sie meine Existenz auslöschen wollten. Aber das war gar nicht wahr gewesen. Nicht einmal der Bully hatte die Macht dazu gehabt. Das weiß ich jetzt. Jetzt weiß ich, dass ich es gewesen war, der ihr die Macht dazu gegeben hatte. So einfach, so klischeehaft und doch so wahr. Und inzwischen so was von bedeutungslos. Sie ist tot.

Und wie sehr hatte ich gehofft. Aber natürlich sind Hoffnungen

am meisten überbewertet und das Sinnloseste überhaupt. Aber dieser Schmerz jetzt, er ist von Bedeutung, denn er hat die totale Macht und wird sie nutzen. Gegen mich.

Womit ich nicht einmal ein Problem am Ende dieses Lebens hätte, wenn es nicht so schmerzlich wäre.

Erfolg macht spendabel. Viel Erfolg macht äußerst spendabel. Mit einem Nummer-1-Hit auf den Bestseller-Listen interessierte sich auch der Film wieder für meine Arbeit. Aus dem ersten Versuch seinerzeit war ja nichts geworden. Aber nun war das Glück auf meiner Seite!

Und ich benutzte einen Teil des Geldes, um sie zu unterstützen. Gerne hätte ich ihr mit Kontakten geholfen, um ihre Karriere wiederzubeleben. Doch dafür war es leider zu spät geworden.

Ich half ihr anonym, versteht sich. Ich wollte meine Ehe nicht gefährden. Ich wollte nicht noch einmal mein Zuhause abbrennen. Ich liebe meine Frau. Wir sind glücklich zusammen. Warum sollte ich dieses Glück gefährden wollen? Und auf was für dumme Gedanken hätte ich sie nur bringen können, wenn ich persönlich bei ihr aufgekreuzt wäre? Ich wollte ihr doch nur helfen. Gutes tun und ein wenig mein schlechtes Gewissen beruhigen.

Ich überlegte mir dann etwas mit meiner Agentin. Sie hat immer geniale Ideen und die Energie, diese auch Wirklichkeit werden zu lassen. Sie ist nicht so eine zynische Nihilistin oder so eine nihilistische Zynikerin wie viele andere in diesem Job. Mit dem Strukturwandel in der Medienwelt hat es aber auch niemand mehr wirklich einfach, schon gar nicht in meinem speziellen Bereich, wo kaum einer von dem leben kann, wofür er lebt. Glücklicherweise hat meine Agentin sich aber die nötige

Portion Naivität bewahrt, um Unmögliches möglich zu machen.

Wir arrangierten etwas, das mich anonym bleiben und sie ihr Gesicht wahren ließ. Wie sagt man heutzutage im neuesten Hochdeutsch? Eine Win-Win-Situation für alle Beteiligten.

Dabei muss ich aber zugeben, dass ich, nachdem ich von meiner Agentin erfahren hatte, wie genau es um sie steht, nicht anders konnte und mich aufmachte, sie zu besuchen. Ich konnte einfach nicht anders. Wenigstens einmal noch wollte ich sie sehen und mit ihr für ein kleines Stündchen wie seinerzeit in unserer Welt aufgehen.

Mit einem Exemplar meines Buches *Verpasste Chancen. Nachrufe*, in dem sich einer der Texte befand, die ich ihr zu verdanken hatte, fuhr ich zum Krankenhaus, in dem sie lag. Ich wollte ihr Mut und Zuversicht vermitteln und ihr Kraft für das geben, was ihr bevorstand. Ich fand auch den Mut und die Kraft, die Eingangstür des Krankenhauses zu durchschreiten. Aber dann war es aus. Ich konnte keinen Schritt weiter. Ich durfte mich nicht verlieren. Nennen Sie es ruhig Feigheit. Ich nenne es so. Aber ich konnte eben nicht anders. Ich legte das Buch auf einen der Tische im Besucherbereich und verließ das Krankenhaus schnellstens wieder, ohne mich auch nur einmal noch nach ihr umzudrehen.

Kaum zu Hause angekommen, brach ich beim Anblick meiner Frau mit unserem Neugeborenen im Arm in Tränen aus. Nachdem sie unseren Sohn in sein Bettchen gebracht hatte, nahm sie mich in den Arm.

Ich erzählte ihr alles und heulte wie ein Schlosshund. Sie tröstete mich. Sie verstand und zeigte Verständnis. Sie liebt mich. Und ich liebe meine Frau.

Ihr möchte ich nichts Böses, mag es auch böse um sie stehen. So traurig es auch ist.

Natürlich wäre Trost etwas Schönes in meiner Situation, wo es keine Hoffnung mehr gibt. Ein Placebo braucht jeder. Aber wer

vermag ihn mir zu geben, so einsam wie ich bin? Der Schmerz selbst vielleicht. Oder Worte.

Ich erinnere mich an diesen Schriftsteller. Er war auf einer dieser Partys eingeladen, als man mich meines Erfolges wegen noch zu solchen Partys einlud. Wir unterhielten uns in einer Weise, die mir so unvertraut vertraut vorkam. Wir verstanden uns auf einer Ebene, auf der ich mich weder zuvor noch danach mit jemandem verstand. Ich vermag es nicht auszudrücken, was da zwischen uns passierte. Vielleicht trifft es das Bild von Auf-der-gleichen-Wellenlinie-liegen noch am ehesten. Der Schriftsteller stillte ein Verlangen, von dem ich wusste, dass es existierte, dessen Befriedigung ich aber gänzlich außerhalb meiner Oberweite wähnte und daher mit Ersatzbefriedigungen zu unterdrücken suchte.

Wir redeten, wobei er mir Fragen stellte, die viele Fragen beantworteten, die ich mir selbst schon gestellt hatte. Leider dröhnte ich mich im Verlauf dieser Party wieder dermaßen zu, dass ich ihn beim Aufwachen viele Tage später vergessen hatte. So ging er mir verloren. Einfach so.

Doch wie ich jetzt weiß, hatte er mich nicht vergessen. Durch Zufall bin ich hier im Krankenhaus auf eines seiner Bücher gestoßen. Und darin gibt es einen Text mit dem Titel „das model". Zufall? Ich denke nicht! Ich erkannte mich in dem Text sofort wieder. Der Text ist eine Hommage an unsere gemeinsame Zeit. Es war, wie es war.

Vielleicht sollte ich ihm böse sein dafür, dass er mich zu seinen Zwecken benutzt hat. Aber er hat doch nur seinen Job gemacht, wie ich meinen gemacht habe. Wir sind nun einmal alle Huren.

Sein Text, seine Worte jedenfalls geben mir Trost.

Der Schriftsteller schließt seinen Text über mich, das Model, mit diesen Zeilen. Ich lese Sie Ihnen vor:

aber bis dahin

lass uns warten

auf den wels

triff mich

am strand

In diesem Sinne. Ich warte.

Winter in meinem Herzen

Das erste Mal habe ich dich gesehen an meinem ersten Tag im Café auf dem Campus. Ich hatte mich dort um einen Studentenjob beworben und war erfolgreich gewesen.

Du wärst mir nicht weiter aufgefallen, auch wenn du die Blicke aller Menschen magisch angezogen hast, wenn du nicht mit ihm zusammen gekommen wärst. Kaum hatte er das Café betreten, klebten meine Blicke an ihm. Für mich war es Liebe auf den ersten Blick! Doch war ich nicht blind. Ich sah doch, wie er dich anschaute, was du scheinbar nicht zu bemerken schienst.

Es war wirklich erstaunlich, wie gut ihr zueinander gepasst habt. Da passte kein Kaffeefilter dazwischen und eine unscheinbare Aushilfsbarista wie ich noch viel weniger. Schon bei dieser Begegnung an der Theke des Cafés, bei der ihr mich gar nicht wahrgenommen habt, war mir klar, dass ihr beiden zusammengehört und ich nur in meinen Träumen eine Chance gegen dich hätte. Nichtsdestotrotz beobachtete ich euch. Was blieb mir auch anderes übrig? Ich war chancenlos, also musste ich jede sich mir bietende Gelegenheit nutzen, einen Blick auf ihn werfen, um einen zufälligen (oder vielleicht doch nicht zufälligen) Blick von ihm erhaschen zu können! Wie glücklich ich dann war. Es schüttelte mich fast! Und ja, wie gesagt, ich sah, wie perfekt ihr miteinander harmoniert habt....

Ich sah aber auch, wie sich sein Lächeln an dem Tag unmerklich änderte, als du eine soeben erhaltene SMS kurz überflogst und ihm anschließend ihn knapp anlächelnd kurz etwas sagtest, während du deine Sachen hastig in deine Tasche stopftest. Sodann entschwebtest du freudig strahlend Richtung Ausgang. Er blieb zurück. Allein.

Er schaute von der Tür, durch die du gerade abgerauscht warst, in seinen Kaffee und starrte dann leer vor sich hin. Vereinsamt.

Das zu sehen, machte mich glücklich. Einerseits. Denn für mich war nun nicht nur klar, dass ich nie eine Chance gegen dich haben würde, sondern auch, dass ihr nicht zusammenwart. Wenn auch chancenlos, war meine Liebe doch nicht unbedingt zum Scheitern verurteilt! Gute Neuigkeiten. Andererseits machte mich das Gesehene aber auch traurig, denn ihn traurig zu sehen, machte mich einfach nur unsagbar traurig. Das war so und hat sich auch nicht mehr geändert.

Von dieser ersten Begegnung an versuchte ich, so häufig und so viel in dem Café zu arbeiten, wie es mir mein Stundenplan und meine sonstigen Verpflichtungen erlaubten, um ihn zu sehen.

Er kam nicht allzu häufig ins Café. Meistens kam er dann mit dir, was mir augenblicklich einen Stich ins Herz versetzte, kaum hatte ich euch erblickt, denn ich war mir nie sicher, ob sich euer Beziehungsstatus in der Zwischenzeit nicht doch zu meinem absoluten Unglück verändert hatte, denn ihr habt immer den Eindruck gemacht, dass da so viel mehr war als nur Freundschaft. Selbst meine Kolleginnen im Café und die Chefin waren davon absolut überzeugt, dass du mit ihm den wildesten und besten Sex hattest, den wir alte Jungfern uns nach zu viel Koffein in der Mittagspause so vorzustellen vermochten. Für uns Außenstehende wart ihr einfach das ideale Paar. Und so wartete ich immer auf den Tag, wo ich Zeuge eines eindeutigen und totsicheren Beweises eurer Liebe zueinander werden würde. Wie sehr ich diesen Tag fürchtete! Wie ich ihn aber gleichzeitig auch herbeisehnte, denn diese ständige Ungewissheit brachte mich um!!

Doch nicht nur dich mit ihm zu sehen, versetzte mir einen Stich ins Herz. Es versetzte mir auch jedes Mal einen Stich ins Herz, ihn zu sehen, nachdem du zu einer deiner Verabredungen aufgebrochen warst. Wie er dann so dasaß. Kaum hattest du dich enthoben, erlosch das Feuer in seinen Augen und von der charmanten Lebendigkeit, die in deiner Anwesenheit aus ihm brach und das ganze Café in seinen Bann zu schlagen vermochte, war nichts mehr zu sehen. Augenblicklich eines Sekundentods gestorben. Er versucht zwar, sich nichts anmerken zu lassen, schon gar nicht dir gegenüber, aber ich sah es, denn ich beobachtete ihn – und damit auch dich – unablässig sehr genau, um mir alles später genauestens zu notieren, auf dass ich niemals vergaß, was er tat. Es brach mir aber das Herz, ihn so geknickt zu sehen, und ich weinte bei der Abfassung meiner Notizen heiße Tränen über sein Unglück, denn alles, was ich wollte, war doch, ihn glücklich zu sehen.

Jemand anderes hätte vielleicht, nachdem ihm oder ihr klar geworden war, dass eure Beziehung auf der Sandbank der Freundschaft für immer in einer Nicht-Beziehung versandete, sich entschlossen, etwas zu unternehmen, hätte Interesse an dir oder an ihm bestanden. Ich aber war nicht so ein Jemand. Zwar wollte ich ihn mit Haut und Haaren und allen möglichen Nebenwirkungen, mir war aber auch klar, dass ich unter den waltenden Umständen und Begebenheiten keine Chance hatte – nicht einmal als Trostpreis! Als Trostpreis und nicht als Hauptpreis zu enden, war aus meiner Sicht noch nicht einmal das Problem, geschweige denn: ein Problem. Du warst das Problem, denn solange du da warst und dich immer zum Greifen nah gabst, gab es einfach niemand anderen für ihn. Es existierte in seinem Universum schließlich niemand anderes außer dir! Du warst die Sonne, um die er als Trabant unablässig kreiste.

*

Ein Semester später änderten sich Begebenheiten und Umstände. Plötzlich tauchte er täglich im Café auf. Und das vollkommen allein! Einige Male wohl war er auch mit anderen Kommilitonen da, aber nie mehr mit dir. Du warst wie vom Erdboden verschluckt.

Je länger sich das Semester und damit die Zeit ohne dich hinzog, umso trauriger wurde er. Er versuchte zwar, wie sonst auch immer, sich nichts anmerken zu lassen, doch meinen aufmerksamen Augen und meinen Antennen, die völlig auf ihn ausgerichtet waren, entging nichts. Und wenn er litt, litt ich umso mehr. Sein stilles Leiden machte mich so unendlich traurig, aber auch so dermaßen zornig und wütend! Wütend und zornig auf dich, was denn auch sonst! Was war nur geschehen, fragte ich mich, dass du ihn so im Stich lassen konntest. Konntest du ihm nicht mal mehr dieses bescheidene Glück schenken, das ihm durch deine bloße Anwesenheit zuteil wurde? Diese deine Anwesenheit war sein ganzes Glück. Und nun lag es in Scherben. Ich musste herausfinden, was geschehen war. Außerdem musste ich ihn aufmuntern, ihm Mut machen und Hoffnung geben. Irgendwie!

So brachte ich ihm, als er einmal allein mit seinem Laptop im Café saß, einen neuen Kaffee, ohne dass er einen neuen überhaupt bestellt hatte, unter dem Vorwand, dass er den alten ja fast schon ausgetrunken hätte, welcher sowieso schon unlängst kalt geworden sei – und wer tränke schon gerne kalten Kaffee, nicht wahr? Es gelang mir während dieser belanglosen Plauderei einen Blick auf den Bildschirm seines Laptops zu werfen. Wie es der Zufall so wollte, schrieb er gerade an einer E-Mail, die an dich adressiert war und aus der hervorging, dass du als Austauschstudentin deine Zeit gerade auswärtig verbrachtest. Diese Information versetzte mir einen Stich ins Herz, denn sie bedeutete doch, dass du immer noch da warst – nur halt momentan nicht ganz konkret in Fleisch und Blut hier neben oder auf oder unter ihm. Wie ich darum rang, nicht die Fassung zu verlieren, wäre mir beinahe entgangen, wie freundlich er mich anlächelte und wie herzlich er sich für den Kaffee bedankte. Kaum war ich jedoch dessen gewahr geworden, machte mein Herz ein Sprung vor Freude und wollte jubilierend aus meiner Brust springen! Seine Freundlichkeit mochte wohl nichts zu bedeuten haben, aber er hatte mich das erste Mal bemerkt! Mochte es auch sehr wahrscheinlich absolut nichts zu bedeuten haben, war es doch der allererste Trippelschritt in die richtige Richtung!

Dann kam nur wenige Wochen später der Tag, an dem er im Café saß, sein Handy piepste, er es in die Hand nahm, die Nachricht aufmerksam las – und dann vollkommen erbleichte. Für mehrere Minuten starrte er entleerten Blickes aufs Handydisplay und nahm absolut nichts mehr wahr. Er rührte sich kein bisschen mehr. Es schien, als hätte er sogar zu atmen aufgehört. Mir, die ihn ununterbrochen wie unter einem Mikroskop beobachtet hatte und all seine Regungen, Gesten und Gemütszustände kannte, erkannte außerdem, wie die Aura um ihn von Augenblick zu Augenblick schwächer wurde, bis sie völlig und auf ewig zu verlöschen drohte. Ich musste etwas tun! Sofort!

So brachte ich ihm, dessen Kaffee fast ausgetrunken und erkaltet war, einen neuen Kaffee mit einem Stück des Kuchens, den er am liebsten mochte (das hatte ich inzwischen durch geschicktes Beobachten und noch geschickteres Erfragen in Erfahrung bringen können).

Ich stellte Kaffee und Kuchen energisch auf seinen Tisch, auf dass er mich bemerkte. Überrascht schaute er hoch und fragte, warum ich ihm denn Kaffee und Kuchen brächte, wenn er beides doch nicht bestellt hätte. Die Traurigkeit in seinen Augen zerriss mir das Herz, aber ich setzte mein freundlichstes Lächeln auf und sagte, dass er so aussehe, als hätte er einen harten Tag gehabt und könnte etwas zur Stärkung und Aufmunterung gebrauchen, es ginge aufs Haus.

Er schaute wieder auf sein Handy und bemerkte dann eher zu seinem Handy als zu mir, dass es wahr sei, was ich gesagt hätte. Dann sah er mich wieder an in einem Versuch, zu lächeln. Diese Geste berührte mich, wie mich zuvor noch nie etwas gerührt hatte. Dieser Versuch, trotz stärkster Schmerzen, tapfer zu bleiben und freundlich zu mir dazu – es wollte mir das Herz überfließen. Ich hätte heulen können! Er bedankte sich dann noch mit leiser

Stimme und ich entfernte mich schleunigst von seinem Tisch, bevor ihm die Tränen auffallen mochten, die mir eine nach der anderen über die Wangen kullerten.

Wie ich später erfuhr, war die Nachricht von dir gewesen. Mit der Nachricht hattest du ihm mitgeteilt, dass du auf die Liebe deines Lebens getroffen wärst. (Ich frage dich hier und jetzt, was ich dich bis jetzt nie gefragt habe: Wusstest du damals nicht, was du ihm mit deiner Nachricht angetan hast? Oder war es dir egal?)

Es verging eine Woche, ohne dass er sich wieder im Café blicken ließ. Ich machte mich in dieser Woche verrückt mit dem Gedanken, dass ich es mit dem Kaffee und dem Kuchen übertrieben haben könnte. Ich steigerte mich in den Wahn hinein, dass ich damit eine Grenze überschritten hatte, die zu überschreiten auf das Allerstrengste untersagt und verboten gewesen war, so dass er von nun an nie mehr zu mir ins Café kommen würde. Niemals mehr!

Die Panik war jedoch unbegründet, wie sich herausstellen sollte, denn nach einer Woche tauchte er wieder auf – mit einer süßen Aufmerksamkeit für mich als Dankeschön dafür, dass ich ihn aufgemuntert hatte. Um nicht sofort durch die offene Tür zu stürmen, meinte er, dass ich die Süßigkeiten mit den Kollegen teilen könne, was ich auch tat. Ich war superglücklich, vielleicht schwebte ich sogar ein wenig, mochten die Süßigkeiten auch nichts zu bedeuten haben, denn er wollte einfach nur nett sein und sich gebührend bedanken.

Er brauchte jedoch auch gar nichts zu befürchten. Ich drängte mich nicht auf, ich drängte ihn zu nichts. Es war doch nur eine nette Geste seinerseits für eine nette Geste meinerseits.

Von diesem Tag an aber sprachen wir miteinander. Nicht viel und nichts von Bedeutung. Mir gelang es, ihn manchmal zum Lächeln zu bringen. Und ich war so glücklich über jedes kleine Fitzelchen an Aufmerksamkeit, das er mir schenkte. Illusionen darüber, sofort in deine Fußstapfen treten zu können, machte ich mir aber nicht. Gut, gegen das, was ich nachts träumte, war ich machtlos, doch der Realität sah ich ins Auge. Für mich war unser Smalltalk nicht mehr als ein Anfang, ein erster Schritt auf unserem gemeinsamen Lebensweg zu Liebe, Familie und Glück. Ich dachte ja auch, wir hätten viel Zeit, weshalb ich gar nicht auf die Idee kam, ihn sofort nach seiner Handynummer und seiner E-Mail-Adresse zu fragen. Dafür blieb schließlich noch genug Zeit, wie ich meinte, sahen wir uns doch nahezu tagtäglich im Café.

Wie sehr ich mich doch damit täuschen sollte, denn nach den Semesterferien kam er nicht mehr ins Café, wie du weißt.

Zuerst dachte ich mir überhaupt nichts dabei, dann machte es mich wahnsinnig. Es machte mich verrückter als seine einwöchige Abwesenheit im Semester zuvor. Diese hatte ich, auch wenn sie mich die Wände hochtrieb, trotz allem verstanden. Was war daran auch nicht zu verstehen gewesen? Etwas sehr Schlimmes war passiert, das er zu regeln hatte. Und da wir zu dem Zeitpunkt NICHTS zueinander waren, hatte er mir nichts zu sagen brauchen. Aber dann war er wieder aufgetaucht und wir hatten begonnen, Freunde zu werden. Wie konnte es da sein, dass er verschwand, ohne mir etwas darüber zu sagen? War ich ihm dermaßen unwichtig? Für lange Zeit weinte ich mich jeden Abend in den Schlaf. Ich machte mir immer und immer wieder den Vorwurf, ihn nicht bei der allerersten Gelegenheit gepackt und durch die offene Tür zu mir gezogen zu haben. Ich konnte und wollte nicht glauben, dass das schon alles zwischen uns gewesen war. Ich konnte nicht akzeptieren, dass es aus mit uns war, bevor es richtig begonnen hatte. Ich begann daher, zu warten.

*

Die Zeit verging. Ein Semester folgte auf das nächste, bis ich schließlich mit meinem Studium fertig war. Weder war er bis dahin jemals wieder aufgetaucht noch du. Es war sinnlos, aber ich wusste, dass ich noch nicht über ihn hinweg war. Erst als ich meinen

Abschluss in Händen hielt, wurde mir bewusst, WIE sinnlos die Warterei auf ihn war. Ich entschied mich dazu, das Warten aufzugeben.

Nicht, dass ich ihn nicht weiter mit jeder Faser meines Körpers liebte, aber ich beschloss, nun anderen eine Chance zu geben, wenn sie es denn wirklich darauf anlegten, mir zu gefallen. Und wer hätte es gedacht? Wenn man sich offen zeigte, gab es davon nicht einmal wenige. Urplötzlich standen sie Schlange. Auf meiner ersten Arbeitsstelle. Auf meiner zweiten Arbeitsstelle. Auf Partys. Und hier und da machte Gelegenheit Diebe. (Zumindest von einer zerbrochenen Beziehung weiß ich, die auch auf meine Kappe ging.) Einige der Kerle waren toll. Einige waren echt der Hammer (auf der Tanzfläche oder am Herd oder im Bett oder im Gespräch oder sonst irgendwo). Aber keiner gab mir dieses Gefühl unbeschreiblichen Glücks. Keiner von ihnen hatte sein Lächeln, das alles in mir schmelzen ließ und mich dazu brachte, seine Kinder gebären zu wollen (ein Gedanke, der mir bis zu seinem

Erscheinen in meinem Leben absolut albern und irreal vorgekommen war).

Einen gab es jedoch, der ausdauernd genug war in seinen Bemühungen und mein Interesse für mehr als ein paar kurze oder lange Nummern irgendwie irgendwo irgendwann zu fesseln vermochte. Ich hatte ihn sechs Jahre nach meinem Abschluss auf der Party eines Arbeitskollegen kennengelernt. Und mit Riesenschritten näherten wir uns der Phase in einer Beziehung, wo man regelmäßig miteinander schlief und erste Gedanken an eine gemeinsame Wohnung sich am Horizont bemerkbar machten.

So war ich denn eines Abends auf dem Weg zu diesem aussichtsreichen Kandidaten, als ich beim Umsteigen von einer U-Bahn-Linie in die andere meinen Augen nicht trauen wollte.

Jahrelang hatte ich ihn nicht mehr gesehen, doch sah der Mann dort auf dem Bahnsteig nur wenige Meter von mir entfernt genauso aus wie er. Das war aber nur im ersten Augenblick so, wo mein Herz vor Freude aussetzte und meine Knie nachgaben und ich mich vor Glück fast einpinkelte. Im zweiten Augenblick wurde ich gewahr, dass er noch viel schöner geworden war, was mir vollständig den Atem raubte.

Reflexartig schnellte ich vor. Wie es mir möglich war, weiß ich bis heute nicht und kann es dir daher nicht sagen. Ich durfte ihn nur nicht noch einmal verlieren, das war mir instinktiv klar. Ich tippte ihm auf die Schulter und er wandte sich mir zu.

In seinem argwöhnisch-verwunderten Blick zeigte sich kein Wiedererkennen. Dieser Blick versetzte mir einen tiefen Stich ins Herz. Es schmerzte, als hättet ihr vor meinen Augen geheiratet, nein, sogar viel stärker, denn er hatte mich vergessen! Wie es mir unter diesem Blick gelang, ihn geradezu wie in einer schlechten Fernsehserie zu fragen, ob er sich meiner erinnerte, kann ich dir nicht sagen. Aber es gelang mir und das war das Entscheidende, denn er sah mich auf einmal genauer an und gar nicht mehr abweisend. Und ich sah es sofort, das schwache Aufblitzen des Erkennens in seinen Augen, gefolgt von einem sanften Lächeln, das seine Mundwinkel umspielte. Mein Herz klopfte auf einmal wie wild und wollte sich nicht mehr beruhigen.

Wir kamen ins Gespräch. Beide hielten wir uns mit allzu persönlichen Informationen zurück. Ich hatte zwar Millionen Fragen, besonders die nach seinem plötzlichen Verschwinden, doch wollte ich diese kurze Zeit, die uns in der U-Bahn vom Schicksal geschenkt worden war, nicht mit Unwichtigkeiten zumüllen und meine Chance nicht gefährden, denn eines hatte ich sofort registriert: er trug keinen Ehering (was heutzutage selbstredend nichts mehr zu bedeuten hat). Wir beließen es bei belanglosem Smalltalk, wo weniger das WAS als das WIE von Bedeutung war. Diese Plauderei war ein Quell ungemeiner Freude, doch zugleich eine riesige Gefahr, denn die uns gegönnte Zeit lief rasend schnell ab. Meine Haltestelle war nur noch wenige Stopps entfernt und er hätte jederzeit aussteigen können. Rasch überlegte ich mir etwas. Und als die U-Bahn in meine Haltestelle einlief, holte ich eine meiner Visitenkarten raus und gab sie ihm mit der Bemerkung, dass man sich ja einmal auf einen Kaffee treffen könne. Er nahm sie entgegen, studierte sie kurz gewissenhaft und steckte sie dann in seine Brusttasche, bevor er eine der seinen herausholte und sie mir überreichte, während er anmerkte, dass er sich drauf freue, unser Gespräch bei einem Kaffee oder bei einer anderen Gelegenheit fortzusetzen. Ich wäre beinahe geplatzt vor Glück!

Freudig strahlend winkte ich der enteilenden U-Bahn hinterdrein, bis er nicht mehr zu sehen war. Dann starrte ich lange ungläubig auf seine Visitenkarte. Es mochte nicht wirklich etwas zu bedeuten haben. Es mochte nicht mehr als eine belanglose Geste gewesen sein. Doch was für ein Erfolg! Welch ein Sieg! Ich hatte nun seine Kontaktdaten. Ich konnte ihn nicht mehr verlieren. Ich hatte einen Fuß in der Tür. Nachdem ich mich dann endlich wieder beruhigt und mein wild galoppierendes Herz wieder eingefangen hatte, steckte ich seine Visitenkarte in ein Geheimfach meiner Handtasche und machte mich auf, eine kaum begonnene Beziehung zu beenden, um frei für die Ehe mit ihm zu sein.

Skrupel hatte ich keine. Leicht fiel es mir jedoch auch nicht, denn eigentlich war es die perfekte Beziehung gewesen. Wir passten zueinander, ohne wirklich zueinander zu passen. Wir fanden uns interessant. Wir hatten netten bis guten Sex. Wir kamen gut miteinander aus und hatten immer etwas, worüber wir reden konnten. Und mit das Wichtigste: Keiner war in der Lage, dem anderen wirklich weh zu tun. Diese Beziehung war sicher und beständig und hätte alle Unwägbarkeiten und Stürme überstanden, bis dass uns der Tod scheidet, wonach der Hinterbliebene beim Blick in den Sarg sich dann nur gefragt hätte, wer diese fremde Person da vor ihm denn nur sei, da nie zuvor im Leben gesehen. Aber nun war er wieder im Spiel. Dagegen hatte kein Tod der Welt eine Chance. Es war zwar schade um diese schön sichere Beziehung, aber es war kein Drama, sie zu beenden, womit auch schon alles dazu gesägt wäre.

Nun hieß es, sich ins Abenteuer zu stürzen, in den Kampf um ihn. Lange überlegte ich, wie ich es anstellen könnte, den ersten Schritt zu tun. Auch wenn ich zu gerne mit der Tür ins Haus gefallen wäre, um dabei in seinen Armen zu landen, empfand ich es als nicht richtig. Ich wusste zu wenig über ihn, auch wenn ich im Internet reichlich zu ihm und über ihn fand. Er schien recht aktiv und erfolgreich in dem zu sein, was er tat. Was mir jedoch bei meiner Recherche einen heftigen Stich ins Herz versetzte, war die Entdeckung, dass er immer noch in Kontakt mit dir stand. Du warst immer noch als seine beste Freundin in seinem Leben präsent. Da musste ich doppelt und dreifach vorsichtig sein.

Über das ganze Für und Wider eines ersten Schrittes verging die Zeit. Es verstrich so viel Zeit, dass er es schließlich war, der als erster aktiv wurde und mich zum Mittagessen einlud. Richtig zum Mittagessen, nicht einfach nur zum Kaffee. Gott, wie war ich selig darüber! Und wie großartig verlief dieses erste Date von uns!!

Zu meiner Überraschung hatte er sich viel Zeit genommen, so dass ich gezwungen war, mich zwischenzeitlich auf die Toilette zu begeben, um andere Termine und Verabredungen an diesem Tag zu canceln. Ganz von sich aus bat er ganz zu Anfang unseres Beisammenseins um Verzeihung für sein plötzliches Verschwinden damals, was aber gar nicht nötig gewesen wäre, denn ich hatte es ihm doch unlängst verziehen. Er erzählte dann von sich, nein, er berichtete von eurer Nicht-Beziehung, die ihm damals so immens zu schaffen gemacht hatte. Ganz ohne Wehleid, ganz ohne Selbstmitleid und ganz ohne Wut auf dich erzählte er davon und davon, was er nach seinem endgültigen Abtauchen so alles erlebt und getrieben hatte. Während ich an seinen Lippen hing und konzentriert zuhörte, was zugegebenermaßen nicht einfach war bei diesen Lippen, wuchs in mir die Vermutung, dass er mir etwas Bestimmtes zu verstehen geben wollte.

Und diese Vermutung wurde zum Ende des Mittagsessens, welches sich bis in den Abend ersteckte, zur Gewissheit, deutete er doch bei der Verabschiedung an, dass man sich doch des Öfteren treffen könne. Ich schwebte wie auf Wolke 7 zurück ins Büro, wo ich einen Allnighter tanzte.

Und so begannen wir dann, uns öfter zu sehen, um uns dann immer öfter zu sehen. Zuerst nur zum Mittagessen oder auf einen Kaffee (oder beides). Dann zu gemeinsamen Spaziergängen nach der Arbeit und sich daran anschließenden Abendessen mit Cocktail. Und dann irgendwann auch zu gemeinsamen Besuchen von Museen, Ausstellungen und Kinofilmen. Hier passierte es dann endlich auch, dass wir körperlich einander nahe kamen!

Am besagten Abend saßen wir im Kino nebeneinander und ich streifte seine Hand, während wir uns den Film anschauten. Ich kann aber gar nicht mehr sagen, ob es von mir geplant war oder ob der Zufall hier seine Hand im Spiel hatte. Er jedenfalls zog seine Hand nicht erschrocken weg, sondern wurde seinerseits aktiv und ergriff die meine und hielt sie fest – und das ganz zärtlich! Ich weiß nicht, aber wäre ich ein Mann, wäre ich da wohl vorzeitig gekommen. Den ganzen Film über hielt er meine Hand. Und Hand in Hand gingen wir nach dem Film zur U-Bahn. Er nahm mich mit zu sich nach Hause. Noch in der Wohnungstür begannen wir, uns mit Küssen zu überhäufen und die Kleider gegenseitig von den Leibern zu reißen. Wir liebten uns, worüber ich an dieser Stelle nicht sprechen will, denn das ist etwas sehr Privates, was da zwischen uns passiert ist. Lass mich dir nur versichern, dass es ein ganz unbeschreibliches Gefühl ist, es genau mit dem Menschen zu tun, den man liebt. Mir wurde in dieser Nacht klar, dass ich von nun an für ihn lebte, denn er hatte sich für mich entschieden.

*

Ab diesem Punkt nahm unser gemeinsames Leben, unsere gemeinsame Zukunft!, Fahrt auf. Ich lernte ihn immer besser kennen. Wir trafen seine Freunde, seine Familie. Ich verbrachte mehr und mehr Zeit in seiner Wohnung. Es machte mir nichts aus, wenn er dabei, wie es manchmal vorkam, von seiner Arbeit vollkommen in Beschlag genommen wurde. Ich saß dann nicht weit von ihm entfernt auf dem Boden oder in einem Stuhl und beobachtete ihn, während er hochkonzentriert und mit vollem Einsatz zugange war. Es machte mich glücklich. Jeder Moment mit ihm, den er mir schenkte, war mein wertvollster Schatz. Worum es mir ging und was zählte, war doch einzig und allein nur eines: Dass WIR ZUSAMMEN waren!

Die unendlichen Millionen Fragen, die ich hatte, stellte ich ihm nach und nach und wann immer es mir möglich war und passend erschien. Bereitwillig beantwortete er jede einzelne Frage ausführlich und der Wahrheit entsprechend, ohne mir selbst jedoch allzu viele Fragen zu stellen. Er hielt sich da immer etwas zurück, musst du wissen. Mir beantwortete er jedoch, wie gesagt, ausführlich wirklich alle Fragen wahrheitsgemäß. Er beantwortete mir alle Fragen, ohne mich auch nur einmal anzulügen, denn er mochte mich wirklich, so dass ich alles über ihn und dich erfuhr. Er log mich nie an bis zu dem Tag, als die Einladung zu deiner Hochzeit eintraf.

Zu diesem Zeitpunkt wohnte ich praktisch schon bei ihm, auch wenn ich meine Wohnung noch nicht aufgegeben hatte, denn über eine gemeinsame Wohnung hatten wir bisher noch nicht gesprochen. (Seine Wohnung war da aber schon unlängst mein wahres Zuhause geworden. Nur, dass du es weißt.) An dem Tag kam ich recht spät von der Arbeit nach Hause. Ich rief etwas zur Begrüßung in die Wohnung hinein, als ich sie betrat. Er antwortete mir auch umgehend aus seinem Arbeitszimmer, ohne aber wie sonst üblich zur Begrüßung zu mir zu kommen. Nachdem ich mich des Mantels und der Schuhe entledigt hatte, ging ich zu ihm. Er saß vor seinem Schreibtisch und schaute auf einen Umschlag, der vor ihm auf dem Schreibtisch lag.

Er sah nicht hoch, als ich eintrat. Erst als ich meine Arme um ihn schlang, schaute er vom Umschlag hoch und kurz zu mir, bevor er wieder den Blick auf den Umschlag richtete. Ich verstand seinen Blick nicht, so undurchdringlich-rätselhaft erschien er mir. Ich fühlte aber tief in meinem Innern, dass da etwas mit ihm überhaupt nicht stimmte. Dass da etwas war, das ihn nackt und hilflos machte. Hatte ich mich in der Zeit, in der wir ein Paar geworden waren, ihm auch völlig geöffnet, so war bei ihm, wie gesagt, doch immer ein gewisser Rest an Reserviertheit geblieben. Das war es zumindest, was ich mir einredete, um mich von der Tatsache abzulenken, dass er mich nicht so liebte wie ich ihn. Und niemals zeigte es sich deutlicher als an diesem Abend, als ich versuchte, ihn aufzumuntern und von seinen trüben Gedanken abzubringen.

Andere Menschen halten die Augen geschlossen. Ich aber liebte es, ihm dabei zuzusehen, wie er mich liebte. Ich kam dann schneller und der Orgasmus erfasste und durchzog meinen ganzen

Körper von oben bis unten in mehreren Wellen. Und wenn er auch die Augen geschlossen hielt, so war er doch immer voll und ganz bei der Sache gewesen – in mir und bei mir! Diesen Abend aber war er nur in mir und nicht wirklich bei mir. Ich konnte es nur allzu deutlich in seinem Gesicht sehen und auch spüren. Es tat weh, was zuvor nie der Fall gewesen war. Ich fragte unter Schluchzen, das er für Stöhnen halten mochte, was los sei, worauf er nur meinte, dass er versuche, länger für mich durchzuhalten, bis er komme. Es war das erste Mal, dass ich in unser gemeinsamen Zeit einen Orgasmus vorspielte, vortäuschte, fakte.

Anschließend konnte ich nicht einschlafen. Ich begriff nichts mehr. Obwohl ich mich fest an ihn klammerte, hatte ich eine solch überwältigende Angst, ihn zu verlieren. Die Angst begrub mich unter sich und drohte mich zu ersticken. Nur mittels stummen Weinens konnte ich mir Luft zum Atmen verschaffen. Obwohl ich im Laufe der Nacht fast in ihn reingekrochen war, hatte er sich bis Sonnenaufgang doch so unendlich weit von mir entfernt und war mir absolut unbegreiflich geworden, dass ich kurz davor war, aufzugeben.

Beim Frühstück fragte ich ihn so beiläufig, wie es mir nur möglich war, nach dem Brief. Und wie ich versuchte er so beiläufig wie möglich zu klingen, als er mir antwortete, dass es nichts Besonderes sei, nur eine Einladung zu deiner Hochzeit.

Diese Nachricht verschlug mir die Sprache und jeglichen Appetit. Wir waren aber zu gute Schauspieler, mochten wir den anderen im Grunde unseres Herzens auch durchschauen. Ohne uns etwas anmerken zu lassen, aßen wir schweigend weiter unsere Brötchen mit Marmelade als wäre nichts, bis wir urplötzlich zur gleichen Zeit hochsahen. Wir hatten beide denselben Gedanken, ich sprach ihn dann aber nur zuerst aus, indem ich ihn fragte, ob wir nicht auch endlich diesen Schritt tun sollten, wo wir doch praktisch schon zusammenlebten und auf unabsehbare Zeit auch zusammenbleiben wollten. Kaum hatte ich meinen Antrag gemacht, war er auch schon aufgesprungen und um den Tisch herum, riss mich hoch und in seine Arme und drückte mich ganz feste an sich, während er mir versicherte, dass er mich genau das Gleiche habe fragen wollen. Glücklich strahlte er mich an. Und ich fragte ihn unter Tränen, ob wir unsere Hochzeit nicht zusammen mit deiner als Doppelhochzeit abhalten sollten. Frag mich nicht, ob meine Tränen Glückstränen waren. So glücklich in seinem Unglück wie an diesem Tag hatte ich ihn bei meinem Vorschlag aber noch nie zuvor gesehen. Und es machte mich so verdammt glücklich, ihn glücklich zu sehen. Egal unter welchen Umständen. Egal zu welchem Preis! Da ich inzwischen wirklich ALLES über dich und eure Freundschaft wusste, konnte ich mir vorstellen, dass dir die Idee ebenfalls ungemein gefallen würde, was sie ja auch tat.

*

Wovon du aber wahrscheinlich bis heute nichts weißt, ist von der Krise, die es vor dem großen Event der Doppelhochzeit auszustehen gab.

Nachdem für uns die Sache beschlossen war, rief er dich an, um dir die freudige Botschaft mitzuteilen. Ich dachte, es würde kein allzu langes Gespräch. Doch nach zwei Stunden war er immer noch nicht aus seinem Arbeitszimmer zurück. So klopfte ich vorsichtig an und trat ein.

Er hatte seine Hände vors Gesicht geschlagen. Ich trat zu ihm. Ich legte eine Hand auf seine Schulter. Ich fragte ihn, ob alles in Ordnung sei. Langsam, sehr langsam löste er die Hände vom Gesicht. Ganz langsam sah er zu mir, nein, durch mich hindurch. Sein Gesicht war vom Schmerz verzerrt. Tiefstes Entsetzen hatte sich in ihm eingegraben. Seine Augen zeigten die Leere des Schocks.

Ganz behutsam zog ich ihn hoch. Ich nahm ihn in meine Arme und streichelte ihn ganz zärtlich und behutsam. Er ließ es geschehen, bis ich schließlich den Mut aufbrachte, zu fragen, was passiert sei.

Er antwortete, dass du bis heute nicht gewusst hättest, dass er nichts gegen eine kirchliche Trauung einzuwenden habe. Er sagte mir, dass du bis gerade eben gedacht hättest, er wäre nicht dafür, warum er für dich damals nie in Frage gekommen war. Er sagte mir dies wie aus ganz weiter Ferne und ich drückte ihn ganz feste an mich. Glücklicherweise konnten wir das Gesicht des jeweils anderen nicht sehen. Ich vermochte nichts zu sagen. In diesem Moment war ich wie erstarrt. Alles in mir war zu Eis geworden. Er sagte dann noch, du hättest diese Bemerkung gemacht, ohne dir was dabei zu denken. Überrascht zwar, aber eher belustigt. Nicht ernst gemeint. Als wäre es keine große Sache, sondern nur so eine lustige Anekdote aus der Prähistorie der Menschheit. (Was ich mich seit diesem Tag frage: Hättest du jemals gesagt, was du da am Telefon gesagt hattest, wenn du um die Folgen gewusst hättest? Ich verstehe bis heute nicht, was dich damals dazu getrieben hatte, es überhaupt zu erwähnen, wo es zu diesem Zeitpunkt in eurer Leben vollkommen bedeutungslos geworden war. Oder wusstest du um die Folgen? Und warum hattest du dich während der Studienzeit nie nach seiner Einstellung erkundigt? Warum hattest du ihn damals nie nach seinem Standpunkt zu einer Hochzeit in Weiß gefragt? Wenn es doch damals so wichtig für dich gewesen war, warum hast du es dann nie zur Sprache gebracht? Aus Feigheit? Aus Angst? Oder weil du meintest, die Antwort zu kennen?) Was die Gegenwart betraf, so warst du Feuer und Flamme für die Idee einer Doppelhochzeit.

Je näher das Datum der Doppelhochzeit rückte, umso verlorener fühlte ich mich. Ich liebte ihn mit ganzem Herzen, würde von ihm aber nie in derselben Weise geliebt werden. Er würde nie mein werden, wie ich die seine war. Aber war ich denn wirklich die seine, wenn er mich doch nicht so liebte wie ich ihn? Ich war unschlüssig, was ich tun sollte. Ich war so glücklich mit ihm, selbst wenn er mich eher mochte als liebte. Ich war so glücklich über jeden Moment mit ihm, mochten seine Gedanken auch bei einer anderen weilen und wollte er auch lieber mit ihr zusammen sein als mit mir. Ich weiß nicht, ob du das verstehen kannst: Ihn zu berühren oder von ihm berührt zu werden, war der Himmel auf Erden für mich. Ich kannte jede Einzelheit seines wunderschönen Körpers, den ich mit Liebkosungen bei jeder sich mir bietenden Gelegenheit überhäuft hatte. Das erfüllte mich ganz und gar. – Für jeden anderen Menschen wäre all das wahrscheinlich zu wenig gewesen, aber ich wollte nur ihn. Ich hatte keine Wahl. Ich hatte einfach keine Wahl mehr, verstehst du. Es ging nur so, wie es war, oder gar nicht. Das begriff ich schlussendlich.

*

Wie du dich erinnern wirst, fand die Doppelhochzeit an einem strahlend blauen Sonntag im Sommer statt. Alle waren wir glücklich. Und wie immer bei solchen Events wurden Unmengen von Bildern gemacht. Und während in unserem Wohnzimmer zwei Hochzeitsfotos ihren Platz über der Couch fanden, stellte er eines der unendlich vielen Hochzeitsbilder auf den Schreibtisch in seinem Arbeitszimmer.

Über unserer Couch hängt ein Foto nur von uns beiden, ihm und mir. Daneben hängt ein Bild von den zwei glücklichen Paaren zusammen, du und dein Bräutigam mit ihm und mir neben euch. Bei ihm im Arbeitszimmer steht aber das Foto, dessen Motiv eine dieser Schnapsideen von Fotografen ist: die vertauschten Hochzeitspaare. Jedes Mal, wenn ich dieses Bild sehe, versetzt es mir einen Stich ins Herz und ich könnte buchstäblich im Strahl kotzen. Wie überglücklich du und er auf dem Foto aussehen. Ausrasten könnte ich jedes Mal, wenn ich es sehe, und es in Stücke reißen. Es zerfetzen, es ausradieren: euer radioaktives Lächeln.

Nach knapp einem Jahr jedoch bekam das Bild auf seinem Schreibtisch Gesellschaft durch das süßeste Babyfoto auf der Welt. Ein Bild von unserer gemeinsamen Tochter. Und über den Hochzeitsfotos im Wohnzimmer thront seitdem ein Familienbild von uns dreien: sie, er und ich.

Ich könnte jedes Mal zu heulen anfangen beim Betrachten dieses Bildes.

Es macht mich über alle Maßen so glücklich und so stolz. Aber wie mit allem in unserem Leben steckt auch hier der Teufel im Detail.

Wie du weißt, haben du und ich am gleichen Tag geheiratet. Beide haben wir seitdem versucht, schwanger zu werden. Ich, weil ich schon immer aus ganzem Herzen sein Kind wollte. Was deine Gründe waren, weiß ich nicht. Während ich aber recht bald erfolgreich schwanger wurde, blieb es dir verwehrt. Und nachdem wir das zukünftige Geschlecht des Kindes erfahren hatten, war ich es, die vorschlug, unsere Tochter nach dir zu benennen. Ich hatte mir das vorher schon genauestens überlegt. Ich wusste, dass es das war, was er sich in den Untiefen seines Herzens wünschte. Es würde ihn glücklich machen, was alles war, was ich wollte. Ich wusste aber auch, welch Freude es dir machen würde, Patin seiner Tochter zu sein. Aber es war dann nicht allein die Ehre, die dir Freude bereitete. Du hast diese Aufgabe ernst genommen und mit einer solchen Liebe und Leidenschaft und

Verantwortung ausgefüllt, ich war wirklich positiv überrascht von dir. Das hatte ich dir nicht zugetraut, muss ich fairerweise an dieser Stelle gestehen. Vielleicht war dein Engagement als Patin aber auch ‚nur' (ich setzte das bewusst in Anführungszeichen) eine Folge dessen, dass dir und deinem Mann auch nach drei Jahren des Versuchens Kinder versagt geblieben sind.

*

Damit sind wir endlich und leider im Heute angelangt. Es ist mir trotz des langen Anlaufs immer noch unmöglich, meine Empfindungen in Worte zu fassen. Immer noch bin ich wortlos, sprachlos. Nicht einmal für dich und für das, was du getan hast, habe ich Namen. Gerade in Anbetracht der Tatsache dessen, wie glücklich deine Ehe trotz Kinderlosigkeit war, und gerade in Anbetracht des Umstandes, wie liebevoll und verantwortungsbewusst du dich um unsere Tochter gekümmert hast, ist es mir absolut unverständlich. Ich kann es nicht fassen. Ich kann es nicht glauben. Ich kann es einfach nicht!

Wie konntest du nur? Und dazu an unserem Hochzeitstag? Wie konntest du es nur deinem Mann antun, der dich abgöttisch liebt? Wie konntest du es deiner Patentochter antun, die dich vergöttert? Wie konntest du es nur ihm antun, dessen wahre Liebe du warst? Ich dachte, du hättest einen Weg gefunden, mit der Situation zu leben, wie ich.

Mache ich dir einen Vorwurf? Aber so was von! Da kannst du Gift drauf nehmen! Habe ich ein Recht dazu? Vielleicht. Vielleicht nicht. Wer bin ich denn schon? Ich bin eine Frau, dessen Mann sie mit seiner besten Freundin betrügt und die es über all die Jahre ausgehalten hat. Und warum habe ich es ausgehalten, fragst du jetzt vielleicht. Die Antwort darauf habe ich schon mehrmals gegeben: Ich liebe ihn und möchte ihn glücklich sehen.

Die Liebe, die ich in meinem Herzen trage, ist wie eine Winterlandschaft: Eine sich weit bis zum Horizont ziehende unendliche Waldlandschaft, gehüllt in ein fürstliches Gewand aus weißweichen Schnee und diamantenen Eis, auf die die Sonne vom wolkenlosen blauen Himmel makellos hinunterlächelt. Eine Landschaft, die so atemberaubend schön in ihrer Unberührtheit und Vollkommenheit ist. Eine Landschaft, deren stille Harmonie unendlichen Frieden im Betrachter auslöst und dessen Seele öffnet und ganz weit macht.

Es ist aber auch eine kalte Landschaft. Eine Landschaft so kalt, dass man erfriert, hält man sich zu lange in ihr auf. Darum kann man sich nur kurz in ihr aufhalten und man darf sich nur ganz kurz von ihrem Zauber gefangen nehmen lassen. Oder man betrachtet sie aus sicherer Entfernung auf Fotos und mittels Erinnerungen. Bilder und Erinnerungen sind aber nicht nur deshalb vorzuziehen. Sie sind es auch, weil erst darüber sich die Winterlandschaft dem Betrachter in ihrer ganzen majestätischen Pracht und erhabenen Herrlichkeit offenbart und sich ihre Gnade enthüllt.

*

Ich weiß nicht, was Liebe für dich war. Vielleicht hast du es selbst nicht gewusst. Vielleicht hast du es aber aufgeschrieben in diesem Brief an ihn, der heute mit der Post gekommen ist und der nun neben mir auf dem Schreibtisch in seinem Arbeitszimmer liegt, während ich diese Zeilen schreibe.

Wir werden es nie erfahren, denn ich werde nicht zulassen, dass er ihn zu sehen bekommt. Keiner wird ihn jemals lesen, denn ich werde ihn, wenn ich mit diesem Brief an dich fertig bin, verbrennen.

Ich muss deinen Brief vernichten. Um ihn zu schützen und um meine Liebe zu retten. Ich muss es tun.

Ich bereue nichts.

Ein Schlüssel

1

Wie immer klemmte die Schublade. Das tat sie schon, als ich noch ein kleines Mädchen war und unsere Mutter uns erlaubte, etwas aus ihrem Schreibtisch zu holen. Geschenkpapier oder Klebeband. Der Schreibtisch war schon immer dagewesen. Er war so lange da, wie ich schon auf der Welt weilte, ja, sogar noch viel, viel länger. Unsere Mutter hatte uns erzählt, dass dieser Schreibtisch schon ihren Großeltern gehört hatte. Ihre Großeltern lebten schon lange nicht mehr. Darum hatte ich sie auch nie kennengelernt. Wie auch ihre Eltern waren sie lange vor meiner Geburt gestorben. So hatten meine beiden älteren Brüder und ich weder unsere Urgroßeltern noch unsere Großeltern kennengelernt. Auch das Land, aus dem unsere Eltern kamen, hatten wir bisher nie besucht. Selbst meine Brüder, die dort noch zur Welt gekommen waren, bevor es unsere Eltern hierher verschlagen hatte, hatten bisher nicht den Drang verspürt, das Land ihrer Geburt zu besuchen.

Die Schublade klemmte noch immer. Meine Mutter war die Einzige gewesen, die den Kniff kannte, die Schublade ohne Probleme zu öffnen. Aber ich konnte sie nicht mehr um Hilfe bitten, da sie seit vier Tagen nicht mehr da war, nachdem ein plötzlich auftretender aggressiver Krebs sie innerhalb zweier Monate dahingerafft hatte. Vier Tage waren es erst her. Es war erstaunlich, was meine Brüder und ich in dieser kurzen Zeit schon alles geschafft hatten. Einfacher wäre es natürlich, wenn uns unser Vater zur Seite stehen könnte. Doch ihn hatte vor vier Jahren, im Sommer 2015, der Schlag getroffen. Unsere Mutter blieb in dem großen Haus allein zurück. Selbst ich war zu diesem Zeitpunkt schon längst flügge geworden und ausgeflogen. Ich war aber von uns Geschwistern diejenige, die den Eltern am nächsten geblieben war. Ich war nur in die Nachbarstadt gezogen, während es meine Brüder in die weit entfernte Hauptstadt gezogen hatte, wo sie jetzt ihre Karrieren und Familien hatten.

Nach dem Tod unseres Vaters vor vier Jahren hatte es kurz zur Debatte zwischen uns Geschwister gestanden, ob es nicht besser wäre, wenn unsere Mutter das Haus aufgebe. Es wäre mit viel Aufwand verbunden gewesen. (Eine Haushaltsauflösung ist nie einfach.) Wir hatten es dann aber nicht übers Herz gebracht, unserer Mutter vorzuschlagen, sich eine kleinere Wohnung zu nehmen. Sie hatte sich in diesem Haus wohl gefühlt, in dem wir alle zusammen gelebt hatten, bis eins nach dem anderen von uns Kindern ausgezogen ist und am Ende unsere Eltern allein zurückblieben, bis unser Vater starb. Unseren Vorschlag einer kleineren Wohnung hätte sie wahrscheinlich sowieso abgelehnt. Und damals bestand auch keinerlei Notwendigkeit. Sie war nicht alt. Sie war vollkommen fit. Sie konnte noch alles selbst regeln. Sie konnte damals ihren Alltag allein bewältigen, während ich jetzt mal wieder, wie seit Kindheitstagen üblich, an der Schreibtischschublade zu scheitern drohte.

Schließlich standen mir die Tränen in den Augen und mir wurde alles viel zu viel. Mit aller Kraft zog ich an der Schublade, bis sie sich plötzlich unter einem splitternden Geräusch löste und ich mit der Schublade in den Händen zwei Schritt nach hinten stolperte und in den Sessel plumpste, der zum Schreibtischensemble gehörte.

Ich schaute auf die Schublade in einem Händen, dann starrte ich in das Fach, aus dem ich die Schublade mehr gezerrt als gezogen hatte. In der Schublade sah ich all die Dinge liegen, die ich da erwartet hatte. Das Fach war, wie nicht anders zu erwarten, leer bis auf ein paar Holzsplitter. Ganz hinten befand sich in der Rückwand aber ein kreisrundes Loch – groß genug, um einen Finger hineinzustecken. Was es mit dem Loch wohl auf sich hatte?

Ich setzte die Schublade auf den Boden ab. Dann steckte ich meinen ausgestreckten Arm in das Fach und steckte meinen Zeigefinger in das Loch. Zuerst zog ich, es passierte aber nichts. Dann versuchte ich das Loch nach links oder rechts zu bewegen. Und wirklich: Das Holztäfelchen, in dessen Mitte das Loch war, ließ sich nach links schieben. Hinter dem Täfelchen war eine kleine Kammer. Ich fühlte mit dem Finger in der Kammer. Als ich meinen Arm wieder aus dem Fach gezogen hatte, hielt ich in der Hand einen Schlüssel. Er sah alt aus, aber nicht so alt, dass er aus der Zeit der Großeltern oder aus der Zeit der Eltern unserer Mutter stammen musste. Irgendeinen Hinweis, um was für einen Schlüssel es sich handeln könnte, fand sich in der kleinen Kammer im Schreibtisch nicht. Auch nach wiederholtem Durchsuchen fand sich absolut gar nichts mehr darin. Sie war leer.

Ich schaute mir den Schlüssel genau an, konnte aber auch an ihm keinerlei Hinweise entdecken. Weil wir noch viele andere Dinge zu erledigen hatten und es mir nur um die Dokumente in der Schreibtischschublade gegangen war, kümmerte ich mich erst einmal darum und nahm sie aus der Schublade. Dann ging ich mit den Dokumenten in der einen Hand und dem Schlüssel in der anderen nach unten, wo meine Brüder auf mich warteten.

„Ich habe die Unterlagen gefunden", sagte ich, während ich rechts mit der Dokumentenmappe wedelte. „Und das hier dazu", ergänzte ich und hielt ihnen mit links den Schlüssel entgegen: „Er war in einem Geheimfach im Schreibtisch versteckt."

Meine Brüder kamen zu mir und schauten sich den Schlüssel an.

„Habt ihr den schon einmal gesehen? Wisst ihr, um was für ein Schlüssel es sich handeln könnte?" fragte ich sie.

Beide schüttelten sie den Kopf. Und da wir einen wichtigen Termin hatten, steckte ich den Schlüssel in meine Handtasche und wir brachen auf.

Wir hatten in den nächsten Tagen so viel zu erledigen und zu tun, dass ich gar nicht mehr an den Schlüssel dachte.

2

Eine Woche später erhielt ich einen Anruf von der Bank unserer Mutter. Die wichtigsten Angelegenheiten hatten wir inzwischen geregelt. Auch das Ausräumen des Hauses hatten wir inzwischen organisiert. Und da nun eigentlich alles erledigt war, waren meine Brüder wieder nach Hause geflogen, während ich wieder zu mir gefahren war. Weil ich aber am nächsten wohnte, hatten wir vereinbart, dass ich die erste Anlaufstelle für Fragen aller Art sein sollte, die unsere Mutter betraf. Aus diesem Grund rief die Bank mich an und nicht meine Brüder.

Kaum hatte ich mich gemeldet, nannte der Bankmitarbeiter, der für uns zuständig war, seinen Namen und kam dann gleich zur Sache: „Es tut mir leid, dass ich das bei unserem letzten Gespräch übersehen habe: Ihre Mutter hat auch ein Bankschließfach bei uns. Wie wir mit den Konten verfahren sollen, haben wir ja schon geklärt. Aber was sollen wir mit dem Schließfach machen?"

„Sie hat ein Schließfach bei Ihnen?" fragte ich zurück.

„Ja, wie ich sagte", antwortete er.

„Was befindet sich in dem Schließfach?" fragte ich ihn, während ich mich fragte: Wozu hatte sie ein Bankschließfach? Wozu hatte sie ein Bankschließfach gebraucht? Was konnte da drin sein? – Wenn es nichts Besonderes war, konnten sie damit machen, was sie wollten.

„Das kann ich Ihnen leider nicht sagen", antwortete er.

„Können Sie nachschauen?" fragte ich.

„Das kann ich leider nicht. Das heißt: Ich könnte nachschauen, aber das ist ein komplizierter Vorgang. Dafür brauche ich Ihre Vollmacht. Viele Formulare müssen ausgefüllt werden. Es wird viel Zeit kosten. Einfacher wäre es, Sie kämen selber vorbei und schauen nach", antwortete er.

„Ich weiß nicht. Wir haben alle Unterlagen durchgesehen. Nirgends ein Hinweis auf ein Bankschließfach. Auch keine PIN", sagte ich.

„Oh, Sie brauchen keine PIN für unsere Schließfächer. Das geht noch alles mit einem herkömmlichen Schlüssel", gab er zurück, worauf ich erst einmal nichts erwiderte.

„Hallo?" fragte der Bankmitarbeiter. „Sind Sie noch dran?"

„Ja, das bin ich", antwortete ich schließlich. „Ich brauche einen Schlüssel, meinten Sie?"

„Ja, das sagte ich", antwortete er geduldig.

„Dann lassen Sie uns doch einen Termin vereinbaren, an dem ich bei Ihnen vorbeikommen kann, um einen schnellen Blick in das Schließfach zu werfen und um es zu kündigen", schlug ich vor. Mir war der Schlüssel aus dem Geheimfach wieder eingefallen und ich war mir ziemlich sicher, in welches Schloss er nun passen würde.

Die zwei Tage bis zu dem vereinbarten Termin wollten nur sehr langsam vergehen, obwohl ich auf der Arbeit mehr als genug zu tun hatte. Mehrere Projekte waren wie immer kurz vor ihrem Abschluss und verlangten wie immer meine volle Aufmerksamkeit. Die Spannung und damit die Ungeduld wuchsen jedoch in mir von Sekunde zu Minute zu Stunde. Was war in dem Schließfach? Warum hatte unsere Mutter überhaupt ein Schließfach, dessen Existenz supergeheim war? Es passte so überhaupt nicht zur ihr. Sie war immer ein Mensch gewesen, der sehr geradeaus und direkt war, was es ihr in der hiesigen Kultur und dazu noch als Ausländerin nicht immer leicht gemacht hatte. Es hatte aber auch den Vorteil, dass es keine Lügen und keine Geheimnisse in unserer Familie gab. Von daher war ich von der Existenz dieses geheimen Bankschließfaches mehr als überrascht. Hatte sie etwa doch etwas vor uns verheimlicht? Da ich selber keinen Alarm schlagen wollte, bevor sich nicht eindeutig Rauch abzeichnete, informierte ich meine Brüder vorerst nicht über das Schließfach. Zuerst wollte ich abklären, um was für eine Überraschung es sich hier überhaupt handelte.

Zwei Tage später begrüßte mich der freundliche Bankmitarbeiter zur vereinbarten Uhrzeit und führte mich in die Schließfachanlage.

Mochte ich nach außen auch den Eindruck vermitteln, kühl und beherrscht und eher belustigt als besorgt zu sein, so war ich im Innern jedoch megaaufgeregt. Was wäre, wenn der Schlüssel doch nicht passte? Und was wäre, wenn er passte?? Wollte ich wirklich und wahrhaftig wissen, was sich da in dem Bankschließfach verbarg??? Ich wusste es nicht.

Ich hätte alles seinen bürokratischen Weg gehen lassen können. Oder ich hätte besser noch meine Brüder die

Sache in die Hand nehmen lassen sollen. Irgendetwas hatte aber zu geschehen. Warum nicht durch mich? Und warum nicht hier und jetzt?

Als ich den Schlüssel endlich ins Schloss stecken konnte, war ich allein. Der nette Bankmitarbeiter war, nachdem er mich an Ort und Stelle gebracht und mit dem Wichtigsten versorgt hatte, wieder an seinen Schreibtisch zurückgekehrt, auch wenn er wohl geblieben wäre, hätte ich ihn darum gebeten. Doch mir war es angenehmer, mich der Sache alleine zu stellen.

Der Schlüssel passte nicht nur ins Schloss, er ließ sich auch umdrehen, bis es *KLICK* machte und ich vor Erleichterung und Entsetzen zugleich erschreckt zusammenzuckte.

Doch nichts geschah! Kein Monster sprang hervor, kein Gespenst entwich und auch kein giftiges Nervengas. Nicht einmal ein Tor zur Hölle öffnete sich. Der Deckel der Box ließ sich unspektakulär hochklappen und drin war nichts außer zwei Manuskripten. Kein Plutonium. Kein Staatsgeheimnis. Kein Stein der Weisen. Kein Schatz, der mich aller Sorgen ledig machen würde.

Für einen Moment war ich maßlos enttäuscht. Dafür hatte ich die letzte Nacht nicht geschlafen? Für einen Haufen Altpapier? Denn um altes Papier handelte es sich zweifellos, wie ich beim Herausnehmen der Manuskripte feststellte. Sie machten einen alten Eindruck. Das Papier war alt. Die Drahtbindung war alt. Und wie es ausschaute, waren die Manuskripte, den Titelblättern zu urteilen, mit Schreibmaschine geschrieben. Mit Schreibmaschine! Sie mussten wahnsinnig alt sein!! Fast schon antik!!!

Ich schaute mir die Titelblätter genauer an. Lateinisches Alphabet. Der Autorenname sagte mir gar nichts. War das überhaupt ein richtiger Name? Die

Titel selber waren in englischer Sprache verfasst.

Ich legte eines der Manuskripte zurück in die Box, um mich dem anderen voller Aufmerksamkeit widmen zu können. Es handelte sich um ein Theaterstück in englischer Sprache. Hatte unsere Mutter etwa...? Unter einem Pseudonym...?

Während ich in dem Manuskript blätterte, was ich sehr vorsichtig tat, da das Papier wirklich sehr altersschwach war, fiel etwas zu Boden. Ich beugte mich runter und hob es auf.

Es war ein altes Foto, auf dem man ein Brautpaar sah. Ein glückliches Brautpaar, aufgenommen vor einer kleinen Kirche. Die Braut war vielleicht noch etwas glücklicher als der Bräutigam. Der Bräutigam schien etwas (oder sehr?) älter als die Braut zu sein. Ich erkannte in dem Bräutigam keine Person, die ich kannte. Die Braut dagegen... Es war unsere Mutter!

Ich weiß nicht, wie lange ich auf das Foto gestarrt habe. Ich weiß nicht, ob ich geschockt gewesen bin. Mir fiel irgendwann nur der Gedanke auf, der mir immer und unentwegt im Kopf umherging: Der Mann ist nicht unser Vater!

War unsere Mutter vor ihrer Heirat mit unserem Vater etwa schon einmal verheiratet gewesen? Sie hatte nie etwas davon erzählt. Warum nicht, wenn es augenscheinlich so gewesen war?

Ich schaute noch einmal auf das Titelblatt des Theaterstücks. Der Autorenname schien ein Männername zu sein. War der Autor der Mann auf dem Foto? War er der Bräutigam?

Da ich nicht wusste, was ich tun sollte, steckte ich das Foto wieder ins Manuskript und legte es in die Box zurück, während ich gleichzeitig das andere Manuskript herausnahm.

Gleicher Autorenname, der Titel wieder in englischer Sprache. Bei diesem Manuskript handelte es sich aber nicht um ein Theaterstück, sondern um einen Roman. Wieder begann ich in den Seiten aus altem Papier zu blättern.

Ich nahm keine einzige Zeile so richtig wahr, meine Gedanken liefen ohne Ziel kreuz und quer durcheinander. Dass aus dem Manuskript etwas zu Boden glitt, bemerkte ich dann aber doch. Wieder beugte ich mich runter. Und wieder war es ein Foto, das ich aufhob.

Es zeigte das Paar vom ersten Bild, dieses Mal vor einem Hausgang aufgenommen. Dieses Mal trugen sie aber keine Hochzeitskleidung, sondern der Mann trug einen Jungen von etwa zwei Jahren auf den Schultern und die Frau trug in ihren Armen ein Baby.

Ich schaute mir das Foto sehr (unendlich?) lange und sehr genau an. Auch wenn irgendwo in mir etwas wollte, dass es sich bei der Frau nicht um unsere Mutter handelte, so gab es dennoch kein Vertun. Es war unsere Mutter. Eine jüngere Ausgabe unserer Mutter.

3

Nachdem das Zittern sich gelegt hatte, machte ich von den Fotos zwei Fotos mit meinem Smartphone und steckte dann die vergilbten Papierfotos zusammen mit den Manuskripten vorsichtig in meine Tasche.

Der nette Bankmitarbeiter guckte mich zwar besorgt an, als ich wieder vor ihm saß, aber ich versicherte ihm, dass es mir gut ginge. Ich unterschrieb noch schnell die Kündigung des Bankschließfaches und verließ dann schleunigst die Bank.

Als ich wieder in meinem Auto saß, schnallte ich mich nicht sofort an und fuhr los. Ich saß vielmehr einfach nur da und versuchte mir einen Reim auf das zu machen, was ich da gefunden hatte. Aber es gelang mir nicht, einen klaren

Gedanken zu fassen. Weil ich mir schließlich nicht mehr anders zu helfen wusste, schickte ich die abfotografierten Fotos an meine Brüder mit einer kurzen Erläuterung, wie und wo ich an diese Aufnahmen gekommen war.

Meine Brüder, die von mir immer nur liebevoll-ironisch (und manchmal sarkastisch-zynisch) *Bruder 1* und *Bruder 2* genannt wurden, reagierten fast umgehend mit Textnachrichten, die fast so verwirrt klangen, wie ich mich fühlte. Weil sie aber beide leider noch auf der Arbeit waren, waren sie augenblicklich unabkömmlich, so dass wir für den Abend ein Skype-Telefonat vereinbarten. Das ließ mir Zeit, nach Hause zu fahren, ein Bad zu nehmen und mir ein Abendessen zuzubereiten, während meine Gedanken weiter Fangen in totaler Finsternis spielten.

Als dann endlich die Zeit gekommen war, mit meinen Brüdern zu sprechen, war das Abendessen auch endlich fertig, so dass ich was zu kauen hatte, während wir die Bilder diskutierten.

Aber die Diskussion kam nicht recht vom Fleck. Keiner von uns kannte den Mann. Keiner von uns konnte sagen, wo und wann genau die Fotos gemacht worden waren. Eine rasche Internetrecherche des Autorennamens brachte auch keine Ergebnisse. Das Einzige, was wir konnten, war Vermutungen zu äußern und gleichzeitig unsere Verwirrung zum Ausdruck zu bringen. Und ein großes (gigantisches) Unbehagen erfasste mich, als *Bruder 2* meinte, dass *Bruder 1* wie der Mann auf den Fotos aussehe, woraufhin *Bruder 1* meinte, dass *Bruder 2* wie der Mann auf den Fotos aussehe, woraufhin ich die Fotos unter die Lupe nahm und beiden zuzustimmen mich gezwungen sah.

Bruder 1 sah dem Mann verdammt ähnlich. *Bruder 2* sah dem Mann ebenfalls verdammt ähnlich. Diese

Beobachtung brachte mich zu einem Gedanken, von dem mir nicht klar war, was er in letzter Konsequenz zu bedeuten hatte: Waren die Kinder auf dem Foto *Bruder 1* und *Bruder 2*? Wenn ja, war dann der Mann ihr Vater?? Wenn ja, warum wussten wir nichts davon???

Kaum hatte ich so weit gedacht, stoben meine Gedanken in alle Richtungen davon und versuchten wieder Fangen in der Finsternis zu spielen. So verpasste ich fast, dass *Bruder 1* fragte: „Der Name auf den Manuskripten. Wirklich kein einziger Treffer bei der Internetsuche?

Ich ließ die Suche noch einmal laufen und schüttelte dann den Kopf aus Frustration: „Kein einziger."

„Wenn nicht einmal das Internet was weiß, wer könnte dann was wissen?" fragte *Bruder 1*.

Lange guckten wir uns nur dumm an, bevor *Bruder 2* bemerkte: „Vielleicht weiß Tante Mary-Lou etwas?"

Bruder 1 und ich nickten. Ja, das konnte sein. Ja, da war was dran.

‚Tante' Mary-Lou war in Wahrheit nicht unsere Tante. Sie war die älteste Freundin unserer Mutter gewesen. Sie hatten sich seit Schulzeiten gekannt. Sie waren sogar auf dieselbe Universität gegangen. Mary-Lou war aber nach der Universität direkt auf große Entdeckungsreise gegangen und hier im Lande hängengeblieben, während unsere Mutter in einem Verlag zu arbeiten begonnen hatte, dann auf irgendeiner Party, an die sich beide nicht mehr allzu deutlich erinnern konnten, unseren Vater kennengelernt hatte, zwei Kinder (meine Brüder) mit ihm in die Welt setzte, bevor es auch sie hierher verschlug, weil unser Vater von seiner Firma hierher versetzt worden war, wo ich dann schließlich geboren wurde. Nach der Ankunft hier hauchten unsere Mutter und Tante Mary-Lou ihrer Freundschaft wieder Leben ein, doch hatten wir Kinder nie den Eindruck, dass die Freundschaft allzu eng war. Das sollte sich erst nach dem Tod unseres Vaters ändern. Da wurde die Freundschaft so eng, wie sie wohl nicht einmal zu Schul- und Universitätszeiten gewesen sein mag. Tante Mary-Lou war zur Beerdigung unseres Vaters gekommen und hatte mehr geweint als unsere Mutter. Überraschenderweise war sie dann zur Beerdigung unserer Mutter nicht gekommen, obwohl sie die Allererste gewesen war, die wir über den Tod unserer Mutter informiert hatten. Nun war Tante Mary-Lou die einzige lebende Person, die uns einfiel, von der wir annahmen, sie könnte etwas über die Fotos und die Manuskripte wissen.

„Soll ich sie anrufen?" fragte ich.

„Das kann doch einer von uns machen, sie wohnt doch hier", antwortete *Bruder 1* darauf.

„Genau", stimmte ihm *Bruder 2* zu.

„Nein, lasst mich nur machen. Wann habt ihr das letzte Mal mit ihr gesprochen?" widersprach ich.

„Das ist *Double Trouble* schuld", kam es gleichzeitig wie aus der Pistole geschossen von meinen Brüdern. *Double Trouble* – wie wir sie nannten – waren die Kinder von Tante Mary-Lou. Zwillinge und einige Jährchen jünger als ich. Warm waren wir nie mit ihnen geworden.

„Ist das ein Argument?" fragte ich, obwohl ich die Antwort darauf wusste.

„Gut, ruf sie an. Versuch, ein Treffen mit ihr zu vereinbaren. Am besten fürs Wochenende, dann können wir es so einrichten, dass alle Zeit haben", erwiderte *Bruder 1*.

„Nur nicht die *du-weißt-schon*", ergänzte *Bruder 2*.

„Ich weiß. Ich weiß. Ich ruf sie an und mach ein Treffen mit ihr aus und lass es euch dann wissen", stimmte ich zu. Und mit diesem Beschluss beendeten wir unser Skype-Telefonat.

Besonders scharf auf ein Gespräch mit Tante Mary-Lou – sei es am Telefon oder persönlich – war ich nicht wirklich. Wir waren uns nie besonders nah gewesen, was durchaus an ihren Kindern gelegen haben mochte. Aber jetzt war sie wirklich und wahrhaftig die Einzige, die uns etwas über die Zeit damals verraten konnte. Darum nahm ich mir fest vor, als Erstes sie morgen anzurufen.

Am nächsten Morgen im Büro ließ ich aber erst einmal die beiden Manuskripte einscannen und mehrere Kopien davon ausdrucken und binden. Dann musste ich unbedingt einige Notfälle verarzten, bevor ich mir endlich selber einen kräftigen Schubs hin zum Telefon geben konnte.

Es klingelte sehr lange, bevor sie abnahm. Sie meldete sich mit ihrem Namen. Ich meldete mich mit dem meinen. Dann hörte ich lange Zeit nichts.

Als ich schon fragen wollte, ob sie noch dran sei, vernahm ich aus dem Hörer ein Schluchzen, das zunächst nicht enden zu wollen schien, bis es plötzlich abrupt von einem Tuten beendet wurde.

Sie hatte aufgelegt!

Ich versuchte es sofort wieder, aber es gab nur ein Besetzt-Zeichen. Ich legte auf.

Hatte sie der Tod unserer Mutter so hart getroffen? Wenn ja, machte es jetzt keinen Sinn, sie noch einmal anzurufen. Ich entschied mich daher, es erst nach der Arbeit noch einmal zu versuchen. Aber unverhofft kommt oft: Zwei

Stunden später war sie es, die mich auf meinen Smartphone anrief.

„Es tut mir leid, dass ich vorhin einfach so aufgelegt habe. Du hast vom Büro aus angerufen, stimmt's? Ich habe die Nummer nicht erkannt. Erst wollte ich nicht rangehen. Dann hab ich's gemacht und deine Stimme gehört. Damit hatte ich nicht gerechnet. Es tut mir so leid. So unendlich leid", sagte sie und hatte Tränen in der Stimme.

„Es ist für uns alle schwer, das kannst du dir vorstellen. Danke für deine Anteilnahme", erwiderte ich.

„Ich glaub, ich weiß, warum du jetzt anrufst. Wieso besucht ihr mich nicht nächstes Wochenende? Du und deine Brüder? Ich habe sie schon seit Ewigkeiten nicht mehr gesehen", sagte sie.

„Du weißt...", begann ich.

„Ich kann mir denken, was ihr wollt",
unterbrach sie mich. „Also: nächsten
Samstag, 14 Uhr bei mir?"

„Nächsten Samstag um 14 Uhr bei dir",
bestätigte ich und wollte sie noch etwas
fragen. Doch da hatte sie schon wieder
aufgelegt.

Ich schaute das Smartphone lange an
und dachte mir so einiges dabei. Dann
aber textete ich meine Brüder und teilte
ihnen das Treffen mit.

4

Nachdem sie (ohne *Double Trouble* im
Schlepptau) uns willkommen geheißen
und uns noch einmal ihr
tiefempfundenes Mitleid ausgedrückt
und uns etwas zu essen und zu trinken
hingestellt hatte, saßen wir alle um den
Tisch in ihrem Wohnzimmer und sie
ließ sich zunächst von meinen Brüdern
auf den neuesten Stand bringen, was
deren Leben betraf. Nachdem sie auch
noch Fotos meiner Nichten und Neffen

eingehend auf den Smartphones meiner Brüder studiert und kommentiert hatte, kam sie endlich zur Sache.

„Ich möchte mich noch einmal zutiefst dafür entschuldigen, dass ich nicht zur Beerdigung gekommen bin. Ich konnte einfach nicht. Ich war am Boden zerstört. Erst euer Vater und dann sie. Die einzigen Menschen neben meinen Zwillingen, die mir im Leben tatsächlich etwas bedeuten. Ich wollte es einfach nicht wahrhaben. Sie konnte doch noch nicht tot sein. Aber es gab noch einen anderen Grund: Ich hatte ihr etwas versprochen. Mein Versprechen hatte ich jedoch nicht vor, einzuhalten. Von Anfang an dachte ich, ich komme drum herum. Entweder würde ich vor ihr sterben oder ich würde nicht zur Beerdigung kommen, auf dass wir den Kontakt verlieren. Erst nach meinem Tod in 20 oder 30 Jahren hättet ihr dann einen Brief von mir erhalten. In dem Brief hätte alles gestanden. Auf diese Weise hätte ich das Versprechen dann doch noch gehalten, ohne es gehalten zu haben", sagte sie.

Wir schauten sie verwirrt an.

„Was für ein Versprechen?" fragte *Bruder 1*.

„Was erfahren?" fragte *Bruder 2*, während ich die Fotos aus meiner Tasche holte und auf den Tisch legte.

„Meinst du das?" fragte ich.

Tante Mary-Lou nahm die Fotos und schaute sie sich an. Tränen liefen ihr die Wangen runter, während sie geradezu zärtlich über die Bilder strich. Schließlich schaute sie uns an und fragte: „Woher habt ihr die? Die habe ich gemacht. Ich dachte, sie hätte alles vernichtet, was sie nicht mir zur Aufbewahrung gegeben hat."

„Sie waren in diesen Manuskripten in einem Bankschließfach, das sie seit 1984 hatte", antwortete ich, während ich je eine Kopie der Manuskripte auf den

Tisch legte und dann meinen Brüdern die ihnen zugedachten Kopien überreichte.

Tante Mary-Lou und meine Brüder begannen in den Manuskripten zu blättern.

„Hat sie also doch was behalten", bemerkte Tante Mary-Lou beim Blättern.

„Wer ist der Mann auf den Fotos?" fragte ich. „Ist er der Autor dieser Manuskripte?"

Tante Mary-Lou schaute hoch: „Das ist er."

„Ich habe ihn gegoogelt", sagte ich. „Ich habe nichts über ihn gefunden."

„Das ist kein Wunder", entgegnete sie, nachdem sie sich das Titelblatt noch einmal genau angeschaut hatte. „Das ist nicht sein richtiger Name hier vorne. Den hat er nur benutzt zum Schreiben. Der Verlag wollte aber nicht, dass er einen Künstlernamen verwendet. Also hat er fürs Veröffentlichen seinen richtigen Namen benutzt: Jefferson Thomas."

Sie stand auf und ging zum Bücherschrank, der im Wohnzimmer stand. Sie zog daraus ein Buch, in dem ein großer Briefumschlag steckte.

„Hier", sagte sie und legte das Buch ohne den Umschlag auf den Tisch. „Sein allererstes Buch. Eure Mutter war seine Lektorin."

Meine Brüder und ich starrten auf das Buch. Es war alt, aber gut in Schuss.

„Sie haben sich im Verlag kennengelernt…", kam es *Bruder 2* unbeabsichtigt über die Lippen. Wir drei schauten uns an. Dann schauten wir zu Tante Mary-Lou.

„Warum hat sie den Kram nur behalten? Mein Plan war todsicher und wäre aufgegangen", bemerkte sie, während sie unseren Blicken auswich.

„Wer ist Jefferson Thomas?" fragten wir drei Geschwister gleichzeitig. LAUT. MIT NACHDRUCK!

„Euer biologischer Vater", antwortete Tante Mary-Lou leise, während sie weiterhin beharrlich unseren Blicken auswich.

¡BOOOOOOOOOOOOOOOOOOOOO OOOOOOOOOOOOOOOOOOOOOO OOOOOOOOOOOOOOOOOOOOM!

Die Bombe war geplatzt. Für einen Moment herrschte Totenstille. Dann füllte ein Schrei aus drei Kehlen das ganze Wohnzimmer: „WAAAAAAAS?"

Tante Mary-Lou sah uns geradezu vorwurfsvoll an: „Genau darum wollte ich noch 20 bis 30 Jahre warten."

„Aber...", begann *Bruder 2*, „... unser Vater ist unser Vater."

„Eben, der Meinung bin ich auch nach all den Jahrzehnten. Darum ist das Versprechen eine ganz blöde Idee gewesen. Und mein Plan eine ganz tolle", stimmte Tante Mary-Lou zu. „Können wir das Ganze also nicht einfach vergessen?"

Während meine Gedanken Verstecken in totaler Finsternis spielten, stand *Bruder 1* auf und begann, auf und ab zu laufen. Das tat er immer in solchen Situationen, in denen er total verunsichert war und zunächst seine Gedanken sammeln musste, um einen klaren Gedanken fassen zu können. Schließlich blieb er vor dem Tisch stehen und suchte den Blick von Tante Mary-Lou.

„Was ist passiert? Haben Sie sich getrennt? Sind sie geschieden?" fragte er sie.

Tante Mary-Lou schaute wieder weg. Sie konnte die Tränen aber nicht verbergen. Schließlich schüttelte sie energisch den Kopf.

„Was ist passiert?" fragte *Bruder 1* noch einmal.

Tante Mary-Lou musste mehrmals zum Sprechen ansetzten, bevor es ihr gelang eine Antwort herauszuquetschen: „Er ist tot. Er ist gestorben."

„Was?" riefen meine Brüder gleichzeitig. „Er ist tot?"

„Er ist tot. Er war mit euch beiden in der Stadt unterwegs. Ihr wurdet durch einen unglücklichen Zufall Zeugen eines Raubüberfalls. Die Sicherheit in der Stadt war damals eine Katastrophe. Er griff ein. Er wollte helfen. Der Himmel weiß, warum! Er wurde vom Räuber verletzt. Der Räuber konnte fliehen. Er verblutete vor aller Augen", antwortete Tante Mary-Lou immer leiser werdend. „Der Täter wurde später gefasst und kam in den Knast", schloss sie kaum hörbar, da die Tränen ihre Stimme erstickten.

„Warte, warte, warte", rief *Bruder 1*. „Er wurde ermordet. Und wir waren dabei?"

„Ja, das wart ihr. Ihr standet unter Schock. Eure Mutter stand unter Schock. Sie hatte ihren Mann verloren und ihr wart Zeugen davon geworden. Sie wollte nur noch raus, weg aus der Stadt und dem Land. Ganz weit weg. Ich war damals schon hier. Ich bot ihr an zu mir zu kommen fürs Erste und dann alles Weitere zu entscheiden. Das tat sie dann auch nach der Beerdigung von Jefferson", antwortete sie stockend.

„Und dann?" fragte ich.

„Ich zeigte ihr die Stadt hier. Ich machte sie mit Leuten bekannt. Expats wie mich. Aber auch mit euren Vater. Er arbeitete in der Niederlassung einer Firma aus der alten Heimat. An und für sich war er meins. Ich hatte ein Auge auf ihn geworfen. Wir waren uns zu dem damaligen Zeitpunkt auch schon ein wenig nahe gekommen. Wär ich bloß schon vor der Ankunft eurer Mutter selbst in die Offensive gegangen. So verpasste ich meine Chance. Kaum hatte ich die beiden einander vorgestellt, verstanden sie sich schon wunderbar. Er hatte nur noch Augen für sie. Er war nett zu ihr. Er war gut zu ihr. Er konnte ein wirklicher Freund sein. Er bedrängte sie nicht. Er konnte warten. Als sie herausfand, dass sie schwanger war, machte er ihr einen Antrag. Er glaubte nicht, dass sie annehmen würde, doch sie tat es", antwortete Tante Mary-Lou.

„Unser Vater war dann doch mein Vater?" fragte ich hoffnungsvoll.

Tante Mary-Lou schüttelte den Kopf und schaute mich an: „Nein, mein Kind. Sie kam schon schwanger hier an. Erst hier bemerkte sie dann, dass sie von Jefferson noch ein Kind erwartete: dich. Nach deiner Geburt ließ sich euer Vater in die Filiale der Firma im Norden versetzen. Sie wollten ganz neu anfangen, sie gingen also dahin, wo sie überhaupt niemand kannte."

„Unser Vater ist nicht unser Vater", stellte *Bruder 2* entgeistert fest, „sondern dieser Jefferson Thomas."

„Ja und nein", erwiderte Tante Mary-Lou. „Euer Vater ist euer Vater, wie man Vater nur sein kann. Er hat euch alle als seine eigenen Kinder geliebt. Aber ja, biologisch ist er es nicht."

„Womit wolltest du bis nach deinem Tod warten?" fragte *Bruder 1*. „Was wolltest du uns schreiben?"

„Das hier", antwortete Tante Mary-Lou und legte den Umschlag auf den Tisch. „Originale oder Kopien von Dokumenten, die beweisen, was ich euch gerade gestanden habe."

„Unsere Mutter und uns-", meine Stimme brach. Ich musste mehrmals schlucken. „Unsere Eltern haben uns die ganze Zeit angelogen", brachte ich schließlich hervor.

„Nein, das haben sie nicht", entgegnete Tante Mary-Lou scharf. „Sie haben euch geschützt. Sie haben euch nicht mit einer Vergangenheit belastet, für die ihr keine Verantwortung trägt und die euch hätte zerbrechen können. Sie haben euch etwas unvorstellbar Wertvolles gegeben: eine neue Chance. Abgesehen davon haben wir es hier in diesem Land schon schwer genug. Da muss nicht noch ein toter Vater rumgeistern, den ihr gar nicht kanntet."

„Warum sollten wir es dann überhaupt erfahren?" fragte *Bruder 2*.

„Sie hasste Lügen, sie hasste es zutiefst, sich verstellen zu müssen. Sie und euer Vater haben zwar die Notwendigkeit dazu eingesehen, glücklich waren sie damit nicht", antwortete Tante Mary-Lou.

„Willst du damit sagen, sie haben sich nicht geliebt? Willst du damit sagen sie haben... sie haben uns nicht geliebt?" fragte ich, dieses Mal den Tränen sehr, sehr nahe.

Tante Mary-Lou wich wieder unseren Blicken aus. Für einige Zeit sagte sie gar nichts, bis sie ganz leise wisperte: „Doch, das haben sie. Sie haben sich geliebt, wie ich niemals zwei Leute sich lieben sah. Und sie liebten euch über alles. Sie waren so glücklich mit euch."

„Aber sie hatten ein schlechtes Gewissen", bemerkte *Bruder 1*.

Tante Mary-Lou sah ihn scharf an: „Du verstehst nicht, wie sehr sie Jefferson geliebt hat. Du versteht nicht, wie es ist, jemanden auf solche Weise zu verlieren."

„Hat sie ihn mehr als Vater geliebt?" fragte ich.

Tante Mary-Lou schaute mich an: „Nicht mehr als euren Vater, mein Kind. Das ist hier nicht der Maßstab. Sie hat Jefferson anders geliebt als euren Vater."

„Hatte Jefferson Thomas Familie? Eltern? Geschwister? Onkel? Tanten? Cousins oder Cousinen?" fragte *Bruder 2*.

„Nicht, dass ich wüsste. Jefferson Thomas war ein sehr spezieller Fall. Jahrzehntelang hatte er sehr zurückgezogen gelebt, bevor er auf der literarischen Bühne auftauchte. Nach seinem Tod hat aber eure Mutter alles unternommen, dass seine Texte nicht mehr veröffentlichen werden. Sie wollte, dass er von der Öffentlichkeit total vergessen wird. So schwer war es dann auch nicht, dieses Ziel zu erreichen. Zum Zeitpunkt seines Todes war er bekannt, aber nicht wirklich berühmt", antwortete Tante Mary-Lou. „Noch nicht wirklich berühmt."

Bruder 1 hatte inzwischen den Umschlag vom Tisch genommen, aufgemacht und die Dokumente rausgeholt. Er schaute sich eins nach dem anderen an und reichte sie dann an uns weiter.

„Es tut mir leid", sagte Tante Mary-Lou schließlich. „Ich hätte eurer Mutter das Versprechen nicht geben sollen. Ich war dagegen, euch etwas zu sagen. Aber sie war meine beste und meine einzige Freundin. Beide haben wir zu unterschiedlichen Zeiten denselben Mann geliebt. Wie hätte ich ihr die Bitte abschlagen können? Nun habe ich mein Versprechen gehalten." Sie seufzte: „Bitte verzeiht, wenn ich euch jetzt rausschmeiße. Der Kram hat mich doch sehr mitgenommen. Ihr seid mir aber jederzeit herzlich willkommen. Und ihr könnt mich jederzeit anrufen, wenn ihr Fragen habt."

Zu aufgewühlt, um noch am gleichen Tag wieder nach Hause zu fahren, übernachtete ich bei *Bruder 1* und seiner

Familie. Mein Neffe war eine gute Ablenkung. Er war auch ein guter Vorwand, nicht über das sprechen zu müssen, was Tante Mary-Lou uns offenbart hatte. Wir hatten momentan aber auch gar kein Bedürfnis danach. Zuerst mussten wir das Erfahrene verdauen.

5

Nach einer schlaflosen Nacht kamen wir dank meines Neffen am nächsten Morgen erneut darum herum, über das zu sprechen, was wir gestern erfahren hatten. Es hätte aber wahrscheinlich auch rein gar nichts gebracht, da auch mein Bruder danach aussah, als hätte er die Nacht damit verbracht, mit seinen Gedanken im Dunklen erfolglos Fangen zu spielen. So verabschiedete ich mich nach dem Frühstück schnell von ihm und seiner Familie und fuhr zurück nach Hause, wo mich dankenswerter Weise eine Unmenge an Problemen auf der Arbeit erwartete.

Arbeit kann so vieles sein: reiner Broterwerb, Zeitvertreib, Hobby, Erfüllung, Ausrede oder eine Art von Therapie.

In der Woche nach dem Besuch bei Tante Mary-Lou war Arbeit für mich ein notwendiger Umweg, um mich wieder dem stellen zu können, von dem ich wusste, dass es wichtig für mich war, wenn ich auch (noch) nicht zu sagen vermochte, wieso und warum und weshalb.

Eine Woche nach dem Besuch bei Tante Mary-Lou kramte ich die Manuskripte von Jefferson Thomas heraus. Ich war noch nicht so weit, Recherchen nach ihm anzustellen. Aber seine Texte, wie soll ich sagen, riefen mich. Ich hatte schon immer Literatur geliebt. Und vielleicht waren seine Texte ein Zugang zu diesem Menschen, der mich nicht in irgendwelche Abgründe führte, die ich fürchten musste.

Ich las zunächst das Theaterstück. Es war eine Komödie um die Irrungen und Wirrungen, die es braucht, bis ein Paar endlich zueinander finden kann. Die Struktur des Textes war klassisch nach dem 5-Akt-Schema strukturiert, die Wendungen genial erdacht und überraschend eingesetzt. Die Figuren waren lebendig und echt. Die Dialoge waren geistreich, witzig und spritzig. Mir war schon nach wenigen Seiten klar, dass hier kein Anfänger sein Glück versucht hatte, sondern jemand, der, wenn schon kein Genie, so doch auf dem Weg dahin war. Dem Autor war es gelungen, vielerlei Einflüsse zu einem eigenständigen Ganzen, zu einem eigenen Stil zu verarbeiten. Er beherrschte die Kunst, literarische Anspielungen perfekt einzubauen, ohne ins plumpe Zitieren und Kopieren zu verfallen. Das Stück war, soweit ich das beurteilen konnte, einzigartig. Es war nur leider durch seine Fülle an eindeutigen Zeitbezügen aber auch recht angestaubt. Es war eindeutig in seiner Zeit verankert, vielleicht einen Tacken zu sehr. Das minderte mein Lesevergnügen etwas, da ich nicht allzu viel von jener Zeit und jener Gesellschaft und ihrer Kultur wusste. Wer weiß, was mir bei der Lektüre noch alles entging? Trotzdem war es ein Vergnügen, wenn nicht sogar eine Freude, dieses Theaterstück zu lesen.

Umso überraschter war ich dann aber von dem Roman. Im Prinzip war es die gleiche Geschichte, der Plot war nahezu identisch. Die Figuren auch fast dieselben. Allein die Perspektive war eine völlig andere. Es war, als wäre der Autor erwachsen geworden. Die Komödie war geistreich und intelligent, doch war sie nicht weise. Ihr fehlte Tiefe. Im Gegensatz dazu lotete der Roman genau diese fehlende Tiefe bis fast in die tiefsten Untiefen aus. Er machte das in einer Art und Weise, die mir bisher noch nie begegnet war. Und er machte das ganz schonungslos in melancholischer

Unsentimentalität, die mich lachen und weinen zugleich ließ. Der Roman war ein Meisterwerk mit einer Geschichte, die mich auch eine Woche nach Beendigung der Lektüre nicht aus ihren Bann ließ. Das allein schon deswegen, weil ich mich unweigerlich fragen musste: War dieser Roman autobiographisch?

Die Auseinandersetzung mit dem Roman machte mich dermaßen euphorisch kirre, dass ich schließlich gar nicht mehr anders konnte und seinen Namen in eine Suchmaschine eingab.

Es fand sich nicht viel. Gerade mal eine Handvoll Treffer. Die meisten waren antiquarische Angebote seiner Bücher, die ich sofort alle bestellte. Eine Internetseite enthielt ein paar spärliche Informationen zu seiner Biografie. Details über seinen gewaltsamen Tod oder zu seiner Familie fand ich nicht. Er hatte nicht einmal einen Wikipedia-Eintrag und auf der Seite seines ehemaligen Verlages fand er auch keinerlei Erwähnung, was mich doch sehr überraschte. Ja, es ärgerte mich geradezu.

Wie konnte es sein, dass ein verlegter Autor auf diesem Niveau im Internet kaum präsent war? War er vor seinem Tod nur ein Geheimtipp gewesen? Oder ein Autor für Autoren? Es konnte nicht daran liegen, dass er dem ‚Underground' zuzuordnen war. Die Informationen, die ich über seinen Verlag recherchierte, deuteten nicht in diese Richtung. Es war ein alter, eingesessener und hochangesehener Verlag, der inzwischen in der 5. Generation geführt wurde.

Ich musste mehr über Jefferson Thomas erfahren und ich musste jetzt vor allem mit meinen Brüdern sprechen. Wir konnten die Sache nicht mehr weiter aufschieben.

6

Gleich zu Beginn unseres Skype-Telefonats, zu dem sich meine Brüder eher widerwillig bereit erklärt hatten, platzte ich mich mit der Neuigkeit heraus: „Ich habe die Manuskripte von Jefferson Thomas gelesen!" sagte ich, worauf sie nur nickten. Ich brauchte also gar nicht danach zu fragen, sie hatten inzwischen ebenfalls die Manuskripte gelesen. So konnte ich gleich zum nächsten Punkt kommen: „Ich habe auch Recherchen über ihn angestellt, bin im Internet aber kaum auf etwas gestoßen."

Wieder nickten meine Brüder nur, so dass ich mich nicht zurückhalten konnte, zu fragen: „Wer von euch hat mir bei eBay seinen Erzählband vor der Nase weggeschnappt?"

„Das muss ich gewesen sein", sagte *Bruder 1* grinsend und ich nickte nur.

„Weil ich so wenig an Informationen über ihn finden konnte, habe ich seinen ehemaligen Verlag angeschrieben. Ich habe ein Treffen in zwei Wochen mit der Verlagsleitung vereinbart", ließ ich sodann die Bombe platzen.

„Warum?" fragte *Bruder 2*, während *Bruder 1* fragte: „Du willst hinfliegen? Warum nicht skypen? Für uns machst du dir ja auch nicht so einen Aufwand!"

„Ich fliege hin. Skypen allein reicht nicht", antwortete ich auf die Fragen von *Bruder 1*.

„Aber warum?" fragte *Bruder 2* noch einmal. „Ich verstehe ja, dass wir nicht sofort zur Tagesordnung übergehen können, nachdem Mutter gerade gestorben ist und uns kurz darauf mitgeteilt wurde, dass sie uns ein Leben lang angelogen hat. Ich habe da ganz schön zu knabbern dran. Jefferson Thomas ist aber nur ein Fremder. Er hat in unserem Leben nie wirklich eine Rolle gespielt. Er war nie da. Mutter und Vater waren immer da."

„Ohne ihn wärst du nicht auf der Welt", entgegnete ich. „Keiner von uns, um genau zu sein. Keiner von uns wäre jetzt hier, ohne ihn."

„Wir sind jetzt hier, weil wir ohne ihn sind", bemerkte *Bruder 1* leise, während *Bruder 2* sagte: „Bitte versteh mich nicht falsch. Ich sage ja nicht, dass wir diesen Mann verleugnen sollen. Aber ist er so wichtig, dass du rüberfliegen musst?"

„Bist du dagegen, dass ich fliege?" fragte ich.

„Nein, nein. Das bin ich ganz und gar nicht. Ich will es nur verstehen", antwortete er.

„Das will ich auch, darum fliege ich", sagte ich.

„Wie meinst du das?" fragte *Bruder 1*.

Ich versuchte, meine Beweggründe zu erläutern: „Ich kann euch nicht genau sagen, was mich momentan antreibt. Ich sehe halt diesen Widerspruch bei Mutter:

Sie hat ihn nach seinem Tod erfolgreich aus unser aller Leben gelöscht, sie hat aber zwei Skripte und zwei Fotos behalten. Und sie hat sie nicht irgendwo gelagert, sondern dafür extra ein Bankschließfach angemietet, von dem nur sie allein wusste. Wieso? Weil sie ein schlechtes Gewissen hatte? Dafür hatte sie doch schon Tante Mary-Lou angeheuert. Wieso also? Und wieso ausgerechnet diese Texte und keine anderen? Das will ich verstehen."

„Logisch, dass du dann mit dem schicken Verleger sprechen willst. Und in diesem Fall ist es besser, es vor Ort zu machen, da, wo er und Mutter gelebt haben", sagte *Bruder 1*.

„Und wo ihr geboren wurdet", ergänzte ich, worauf meine Brüder nur stumm nickten, während ich mich fragte, ob sie den Verlag etwa auch schon ergoogelt hatten.

„Was du zu den Texten sagst, habe ich noch gar nicht bedacht. Ich habe sie zwar gelesen, aber ich hatte so viel Spaß mit ihnen, da habe ich mir erst mal keine weiteren Gedanken gemacht. Ich bin sowieso erst gestern mit dem Lesen fertig geworden", sagte *Bruder 2*.

„Sie sind wirklich genial", sagte *Bruder 1* und wir alle nickten.

„Wann genau fliegst du?" fragte *Bruder 2*.

„Heute in einer Woche. Ich fliege so, dass ich morgens dort ankomme, um keine Zeit zu verlieren. Ich werde eine Woche bleiben. Ein Hotel habe ich auch schon. Auf der Arbeit habe ich auch schon fast alles für meine Abwesenheit organisiert und abgeklärt", antwortete ich.

„Bevor du fliegst, sprich am besten noch einmal mit Tante Mary-Lou", sagte *Bruder 1*.

„Und du schick mir seinen Erzählband. Ich will ihn gelesen haben, bevor ich

mich mit dem Verlag treffe", erwiderte
ich.

7

Vier Tage später hatte ich dann auch
den Erzählband von Thomas Jefferson
auf meinen Schreibtisch im Büro –
zusammen mit den von mir online
erworbenen anderen Ausgaben seiner
Bücher. Trotz all der Arbeit, die es vor
meiner Abreise noch zu erledigen galt,
gelang es mir, seine Bücher alle zu lesen:
den Erzählband und drei Theaterstücke.
Es waren gute Texte, besonders die
Dialoge waren voller Esprit und Witz
und machten alles so lebendig und
farbenfroh. Die Texte waren trotz Ihrer
Qualität aber Lichtjahre von der
Qualität der Texte entfernt, die unsere
Mutter aufbewahrt hatte.

Einen Abend vor dem Abflug gelang es
mir dann auch, Tante Mary-Lou
telefonisch zu erreichen. Ohne groß um
den heißen Brei herumzureden,
informierte ich sie über mein Vorhaben.

„Wenn es auch eine ganze dumme Idee ist: Du fliegst morgen erst?" war ihre erste Reaktion.

„Ist das alles, was dir dazu einfällt?" fragte ich zurück.

„Es tut mir leid, mein Kind, dass ich nicht überrascht bin. Ich hatte nur erwartet, dass du oder einer deiner Brüder schon viel früher Richtung alte Heimat aufgebrochen wärt", antwortete sie.

„Du denkst, es ist die richtige Entscheidung?" fragte ich.

„Abgesehen davon, dass es, wie gesagt, eine dumme Idee ist: Was ich denke, spielt keine Rolle", antwortete sie. „Hältst du es für die richtige Entscheidung?"

„Ich weiß es nicht. Ich muss es herausfinden", antwortete ich.

„Dann ist es die richtige Entscheidung", sagte sie.

Für einen Moment schwiegen wir beide.

„Kann ich dich etwas fragen?" sagte ich dann.

„Alles, mein Kind. Du kannst und du darfst und du sollst mich alles fragen", antwortete sie.

„Hatten du und Mutter Streit wegen Vater?" fragte ich.

„So würde ich das nicht nennen", antwortete sie.

„Für uns Kinder war es immer komisch. Uns schien immer, dass da eine Distanz zwischen euch war", sagte ich.

„Ich war nie böse auf eure Mutter. Sicherlich war ich zunächst enttäuscht. Aber sie passten so gut zusammen, als wären sie füreinander bestimmt. Das habe ich schnell eingesehen. Außerdem hatte ich schon bald danach die große Liebe meines Lebens gefunden, den Vater meiner beiden Kleinen", sagte sie.

„So klein sind sie auch nicht mehr, sie sind nur drei Jahre jünger als ich", gab ich zu bedenken.

„Aber immer noch so ungebändigt und stürmisch wie früher. Das haben sie von ihrem Vater", sagte sie.

„Er war wirklich die große Liebe deines Lebens? Hat er dich nicht betrogen?" fragte ich.

„Das hat er. Nicht nur einmal. Er ist dann mit einer von denen abgehauen. Ich war am Ende. Ich konnte und wollte mich aber nicht von ihm lösen. Das war es, was für eine Zeit für Unfrieden zwischen eurer Mutter und mir gesorgt hat. Sie meinte immer nur, dass ich ihn vergessen sollte. Das ging aber für lange Zeit eben nicht", antwortete sie.

„Bis Vater starb", bemerkte ich.

„Richtig", erwiderte sie. „Aber aus einem anderen Grund als du denkst: Eure Mutter ging nun durch eine ähnlich depressive Phase wie ich nach dem Verschwinden meines Göttergatten. Beim Tod von Jefferson hatte sie wegen euch keine Zeit für solche Mätzchen. Jetzt wart ihr aber alle erwachsen und aus dem Haus. Es traf sie doppelt!"

„Oh", war das Einzige, was ich dazu sagen konnte.

„Niemand ist perfekt, mein Kind. Wer weiß, hätten deine Brüder meine Mädchen so nett gefunden wie sie die beiden, wäre ich vielleicht häufiger mit ihnen zu Besuch gekommen", sagte sie. „Grüß mir bitte die alte Heimat schön! Dir einen guten Flug! Du kannst dich jederzeit bei mir melden, wenn es was gibt. Komm mit deinen Brüdern auf jeden Fall, auf alle Fälle nach deiner Rückkehr wieder zu mir zu Besuch. Du musst mir dann alles erzählen. Ich will alles wissen", beendete sie das Gespräch.

Als ich den Hörer auflegte, musste ich grinsen. Wer hätte das gedacht?

8

Nach der Landung fuhr ich zunächst mit dem Taxi ins Hotel, um mich frisch zu machen und den Verlag über meine Ankunft zu benachrichtigen. Wir vereinbarten ein Treffen in zwei Stunden, so dass mir etwas Zeit blieb, die Gegend um mein Hotel zu erkunden.

Zur vereinbarten Uhrzeit saß ich dann aber endlich vor dem Verlagsleiter in fünfter Generation: James MacKay V, der mich herzlich begrüßt hatte, bevor er mir einen Platz und einen Kaffee angeboten hatte. Nach Auskunft der Internetseite des Verlags war er ein Jahr jünger als ich. Im Vergleich mit dem Internetfoto machte er im realen Leben aber einen noch viel jüngeren Eindruck.

Nach belanglosem Smalltalk über dies und das und jenes und welches und andere unbedeutende Dinge kam er endlich zur Sache: „Bevor Sie heute zu uns gekommen sind, habe ich ein ausführliches Gespräch mit meinem

Vater über Jefferson Thomas geführt. Mein Vater leitete seinerzeit den Verlag und hat ihn für unser Haus gewonnen. Das heißt: Genau genommen war es ihre Mutter. Ich erkläre Ihnen auch, wieso: Den Kontakt zwischen unserem Haus und Mr. Thomas hatte der Literaturagent von Mr. Thomas vermittelt. Mr. Thomas wollte sich vor der Vertragsunterschrift aber selbst ein Bild von uns machen. Aus diesem Grund besuchte er uns. Er lernte meinen Vater kennen und bei der Gelegenheit auch Ihre Mutter, die als Lektorin für ihn gedacht war. Nach Aussage meines Vaters haben sie sich augenblicklich perfekt verstanden. Ihre Mutter hatte gerade erst für uns angefangen. Sie kam frisch von der Universität, wo sie englische Literatur und Buchwissenschaften studiert hatte. Während des Studiums machte sie bei uns ein Praktikum. Dadurch wurden wir auf sie aufmerksam. Sie fiel meinem Vater sofort auf. Für ihn war sie die geborene Verlegerin, ein Naturtalent. Schon während des Praktikums bot er ihr eine Stelle an. Sie wollte aber zunächst ihr Studium beenden."

„Das wusste ich nicht", warf ich ein. „Sie hatte uns so gut wie nichts über sich selbst erzählt. Sie sagte nur, dass sie vor unserer Geburt in einem Verlag gearbeitet hatte. Den Namen des Verlages sagte sie uns nicht. Sie behauptete, ihn vergessen zu haben."

James McKay V grinste sympathisch: „Sie wird ihre Gründe gehabt haben – wie für alle ihre Entscheidungen. Für meinen Vater war sie ein Wunderkind. Er hätte sie gerne behalten", sagte er und fügte schnell hinzu: „Mein Vater hätte Sie übrigens zu gerne getroffen. Leider ist sein Gesundheitszustand nicht mehr der allerbeste."

„Das tut mir leid", unterbrach ich ihn. „Hoffentlich geht es ihm bald besser!"

„Danke! Aber zurück zu Ihnen. Mein Vater hielt Jefferson Thomas, auch wenn er mit dessen Themen nicht groß etwas anfangen konnte, für ein Genie. Er versprach sich sehr viel von ihm. Mr. Thomas war unheimlich produktiv. Bis zur Heirat mit Ihrer Mutter haben wir vier Bücher rausgebracht. Alle waren erfolgreich", fuhr er fort.

„Wann haben sie geheiratet?" fragte ich.

„Warten Sie, ich habe es mir notiert", antwortete er und holte ein altertümliches Notizbuch hervor: „Nach Auskunft meines Vaters hat Ihre Mutter 1979 bei uns als Lektorin angefangen. 1979 war es auch, als wir Jefferson Thomas als Autor gewinnen konnten. Anfang 1981 haben er und Ihre Mutter dann geheiratet. 1981 und 1983 sind Ihre Brüder zur Welt gekommen. Ende 1983 wurde Jefferson Thomas getötet. Sein letztes Buch haben wir 1980 veröffentlicht."

„Warum hat er nichts mehr veröffentlicht?" fragte ich.

„Ich weiß es nicht. Nach dem, was mein Vater mir erzählte, weiß er es auch nicht. Er erwähnte zwar, dass immer wieder neue Texte von Mr. Thomas selber oder von seinem Agenten angekündigt wurden, es kam jedoch nichts mehr. Im Verlagsarchiv finden sich auch nur Materialien im Zusammenhang mit den vier Büchern, die wir veröffentlicht haben", antwortete er.

„Wieso gibt es keine Neuauflage seiner Bücher nach 1983? Sie sagen, er wurde für ein Genie gehalten. Sie sagen, er war erfolgreich. Wieso haben Sie ihn dann nicht weiter gedruckt?" fragte ich.

„Ihre Mutter hat es verboten. Sie wollte, dass man ihn in der Öffentlichkeit total vergisst. Darum sollten wir auch alle Bestände seiner Werke, so wir es konnten und vermochten, einziehen und makulieren", antwortete er, was dem entsprach, was uns schon Tante Mary-Lou gesagt hatte.

„Das muss teuer gewesen sein", bemerkte ich.

„Wir haben ordentlich Geld verloren. Doch mein Vater hat Ihrer Mutter jeden Wunsch erfüllt. Er hat alles für sie getan, was in seiner Macht stand. Darum gibt es nur noch die Exemplare im Umlauf, die zu Lebzeiten von Jefferson Thomas verkauft wurden. Viele sind das nicht mehr", erwiderte er.

„Wieso hat Ihr Vater das gemacht?" fragte ich.

„Für Ihre Mutter war eine Welt zusammengebrochen und er fühlte sich dafür zu einem gehörigen Stück mitverantwortlich. Sie war zudem wie eine Tochter für ihn", antwortete er, worauf ich zunächst einmal nichts sagte.

Um das Schweigen zu überbrücken, fragte er: „Noch einen Kaffee?"

Ich nickte und fragte dann, nachdem er mir eingegossen hatte: „Sie haben das Verlagsarchiv erwähnt. Kann ich mir darin ansehen, was sie zu unserer Mutter und ihn haben?"

James McKay V lächelte etwas gequält: „Eigentlich nicht."

„Wieso nicht?" fragte ich.

„Ihre Mutter traf damals mit meinem Vater eine Vereinbarung. Für Außenstehende ist demnach dieser Bestand des Archivs bis 2053 gesperrt. Am liebsten hätte Ihre Mutter gesehen, dass wir alle Unterlagen vernichten. Das ging jedoch meinem Vater zu weit. Das konnte er nicht mit sich vereinbaren. So bot er ihr diesen Kompromiss an. Allein und ausschließlich der Verlagsleiter hat Zugriff auf die Unterlagen, nicht einmal Literaturwissenschaftlern ist der Zugang gestattet. Aber Anfragen von dieser Seite gab es meinem Vater zufolge seit 1990 sowieso nicht mehr", antwortete er.

„Ich kann es mir also nicht ansehen?" fragte ich.

„Eigentlich", erwiderte er.

„Was heißt ‚eigentlich' eigentlich?" fragte ich, worauf James McKay V aufstand.

„Sie sind den langen, weiten Weg zu uns gekommen und ich quatsche Sie hier voll. Sie sollen von ihrem Besuch bei *McKay & Son* doch auch etwas haben. Lassen Sie mich Ihnen den Verlag zeigen", sagte er.

„Okay", erwiderte ich langsam und stand zögerlich ebenfalls auf. Was ging hier vor?

James McKay V zeigte mir den Verlag, dessen Leiter er war. Er war ein begnadeter Tourguide, der in gebotener Kürze und Würze kurzweilig einen Überblick über die Geschichte des Hauses und seiner Autoren gab, während er mir gleichzeitig alle Abteilungen zeigte.

Am Ende seiner Führung waren wir im Verlagsarchiv angelangt. Mit ausladender Geste zeigte er auf die angenehm klimatisierten Regalmeter: „Wie ich gehört habe, interessieren Sie sich brennend für die Geschichte unseres Hauses. Gerne würde ich Ihnen helfen, sich tiefer in die Materie einzuarbeiten, da meine Überblicksdarstellung doch allzu oberflächlich geraten ist. Zu meinem Bedauern habe ich jetzt aber einen drängenden Termin, der unaufschiebbar ist. Deshalb muss ich sie nun für den Augenblick allein lassen. Schauen Sie sich jedoch hier um. Sie finden hier alles zu unserer Geschichte und eine Sitzgelegenheit, um es in Ruhe zu studieren", sagte er und zwinkerte mir zu.

„Okay", erwiderte ich lachend. Das war es also gewesen.

„Wenn Sie Fragen haben, rufen Sie mich ruhig an", sagt er und überreichte mir seine Karte. Dann wandte er sich zum Gehen. Er schaute aber noch einmal kurz zu mir: „Nehmen Sie sich die Zeit, die Sie brauchen. Wenn Sie fertig sind: Sie finden mich in meinem Büro."

Mit einem Grinsen rauschte James McKay V davon.

Nachdem er gegangen war, machte ich mich auf die Suche nach der Sitzgelegenheit, die er erwähnt hatte. Unter anderen Umständen hätte ich mich nur zu gerne in diesem Archiv verloren, aber die Umstände waren nicht so. Ich hatte außerdem so ein Gefühl, dass ich das Archiv gar nicht auf dem Kopf stellen musste, um zu finden, was ich suchte.

Recht schnell hatte ich die von ihm erwähnte Sitzgelegenheit nebst Schreibtisch entdeckt. Und ein genauerer Blick auf den Schreibtisch bestätigte mir mein Gefühl.

Drei Stunden dauerte es, bis ich durch Verträge, Korrespondenzen, Beurteilungen, Druckfahnen, Coverentwürfen und Werbematerialien durch war. Weder machte ich mir Notizen auf dem mir zur Verfügung gestellten Notizblock noch Fotos mit meinem Smartphone, was nicht an meinem fotografischen Gedächtnis lag, sondern daran, dass die Dokumente über das Handelsübliche nicht hinausgingen. Für eine literaturwissenschaftliche Untersuchung hätten die Unterlagen je nach Fragestellung von unschätzbaren Wert sein können, sie gaben mir aber keine Antwort auf das, was ich wissen wollte, von dem ich aber noch nicht einmal wusste, was genau es war. Hätte ich es aber in den Archivmaterialen gefunden, ich hätte es augenblicklich gewusst.

Genau das sagte ich auch James McKay V, als ich wieder in seinem Büro saß, woraufhin er ein nachdenkliches Gesicht machte.

„Vielleicht sollten wir Jeremy Jones hinzuziehen", meinte er schließlich.

„Wer ist das?" fragte ich.

„Er war der Agent von Jefferson Thomas", antwortete er.

„Er lebt noch?" fragte ich überrascht.

„Warum nicht?" fragte er zurück. „Er hatte dieses Jahr erst seinen 69. gehabt. Er ist noch fit wie ein Turnschuh. Er läuft jeden Marathon mit, wenn es ihm sein Job gestattet. Und glauben Sie mir: Dafür sorgt er schon, dass es ihm der Job gestattet. Er ist noch voll im Geschäft. Erst letzte Woche hatten wir miteinander zu tun. Soll ich ihn anrufen?"

Ich nickte und er griff zum Hörer. Das Gespräch war kurz. Nachdem er wieder aufgelegt hatte, sagte er: „Jeremy lädt uns morgen um 10 Uhr zum Frühstück in sein Lieblingscafé ein."

„Uns?" fragte ich.

„Möchten Sie ihn ganz für sich allein? Soll ich nicht mitkommen?" fragte er zurück.

„Das meine ich nicht, entschuldigen Sie! Aber haben Sie nicht viel zu tun als Leiter des Verlages?" sagte ich.

„Machen Sie sich darum keine Sorgen. Ich nehme mir die Zeit", erwiderte er. „Ich bin ein ausgewiesener Experte im Zeitmanagement. Zertifiziert sogar", sagte er mit einem ironischen Lächeln und deutete auf ein eingerahmtes Diplom an der Wand hinter ihm.

„Okay", sagte ich.

„Ich hole Sie dann morgen vom Hotel ab und wir fahren gemeinsam zum Café. Ich kenne den Weg. Ist Ihnen 9:15 Uhr recht?" fuhr er fort.

Ich nickte.

„Wunderbar. Nachdem wir das geregelt haben: Welche Pläne haben Sie noch für heute? Der Tag ist noch jung", erkundigte er sich.

Ich wusste zuerst nichts zu erwidern. Darüber hatte ich mir noch gar keine Gedanken gemacht.

„Sightseeing?" sagte ich schließlich.

„Eine tolle Idee! Wie Sie vielleicht gemerkt haben, bin ich ein guter Reiseführer. Darf ich Ihnen meine Dienste anbieten und die Stadt zeigen?" sagte er daraufhin.

„Warum nicht?" entgegnete ich. Es ging mir jetzt zwar etwas schnell, aber wieso denn nicht?

So machten wir uns auf und James McKay V zeigte mir die Stadt. Er führte mich auch zu den Häusern, in denen unsere Mutter mit Jefferson Thomas gelebt hatte. Eines davon erkannte ich von dem Foto wieder, das ich im Bankschließfach gefunden hatte. Ich zeigte es ihm auf meinen Smartphone.

Zum Abendessen lud er mich in sein Lieblingslokal ein. Während des Essens erzählte er mir von seinem Leben als Spross der McKay-Familie und seiner Arbeit als Verlagsleiter. Er war ein fantastischer Geschichtenerzähler mit seinen hübschen Grübchen. Dann war es an mir von unserem Leben in der fernen Weite zu erzählen. Als wir den Nachtisch erreicht hatten, war ich wirklich platt und musste ins Bett. Er fuhr mich noch zum Hotel und wir verabschiedeten uns bis morgen.

Bevor ich aber ins Bett fallen konnte, erstattete ich meinen Brüdern und auch Tante Mary-Lou Bericht über die Ereignisse des Tages. Ich schickte Ihnen auch ein Foto von mir vor dem Haus, vor dem Tante Mary-Lou das damals aktuelle Mannschaftsfoto gemacht hatte. Das Selfie von mir und James McKay V vor dem Haus schickte ich Ihnen dagegen nicht. Vielmehr beschloss ich meinen Bericht an Tante Mary-Lou damit, dass ich ihren Auftrag erfüllt und die alte Heimat von ihr gegrüßt hatte. Dann war es aber wirklich Zeit fürs Bett.

9

Pünktlich holte mich James McKay V am nächsten Morgen mit seinem Wagen, ein Maserati Ghibli, wie mir jetzt erst auffiel, vom Hotel ab und fuhr mit mir zum Lieblingscafé von Jeremy Jones.

Das Café gefiel mir auf Anhieb. Es hatte das Flair und den Charme eines Wiener Kaffeehauses, allein der Bedienung sah man trotz stilechter Bekleidung an, dass wir uns nicht in Wien und schon gar nicht in Wien zu Beginn des 20. Jahrhunderts befanden. Auch Jeremy Jones, der uns an einem Tisch erwartete, gehörte in seinem Jogging-Outfit in die Hipster-Gegenwart dieses Erdteils. Noch vor der Begrüßung entschuldigte er sich aber für seine Kleiderwahl: „Ich bitte vielmals um Verzeihung. Ich komme immer direkt von meiner morgendlichen Parkrunde hierher."

Nach diesen Worten schüttelte mir Jeremy Jones lange die Hand, während er mich eingehend betrachtete.

„Es tut mir so leid um deine Mutter. James hier hat mir davon berichtet. Ich hatte damals ja so viel mit ihr zu tun gehabt. Sie war ein wunderbarer Mensch. Sie hatte genau die richtige Mischung aus Herzensgüte und Durchsetzungskraft, wie man sie in im Literaturbetrieb braucht. Ach, und wie sehr sie Literatur geliebt hat. Und Bücher!" sagte er schließlich.

„Äh,… Danke!" erwiderte ich verlegen.

„Du siehst ihr sehr ähnlich, musst du wissen, du kommst mehr nach ihr als nach Jefferson", sagte er, worauf mir nichts einfiel.

Betreten schwiegen wir für einen Moment, bevor er auf die Plätze um den Tisch deutete: „Setzen wir uns doch."

Während wir Platz nahmen, kam auch schon die Bedienung mit den Menüs. Während wir gewissenhaft die Speisekarten studierten, bleib sie mit gezücktem Digitaldingsbums an unserem Tisch stehen und erwartete unsere Bestellung, die wir alsbald aufgaben.

Die Zeit, welche verging, bis das Essen gebracht wurde, füllten wir mit dem handelsüblichen Smalltalk. Erst als jeder das ihm zustehende Frühstück erhalten hatte, kam Jeremy Jones auf Jefferson Thomas zu sprechen: „Jefferson veröffentlichte erste Erzählungen in kleinen Literaturzeitschriften im Jahr 1975. 1977 wurde wiederum ich das erste Mal auf ihn aufmerksam. Da tauchte ein Text von ihm zum ersten Mal in einer richtigen und wichtigen Literaturzeitschrift auf. Sie gibt es heute leider nicht mehr, noch nicht einmal online. Der Text war witzig, ironisch, teilweise sarkastisch. Vom Aufbau war der Text perfekt, die Schreibe eigenwillig-originell und die Wendung am Ende überraschend. Sie kam völlig unvermittelt wie aus dem Nichts, war aber vollkommen logisch. Ich hatte dieses Ende gar nicht kommen sehen, obwohl ich bis dahin natürlich schon unzählig geglückte Texte gelesen und noch mehr verunglückte Texte von meinen Autoren verarztet hatte. Bis zu diesem Tag, an dem ich meinen ersten Text von Jefferson gelesen habe, hatte ich geglaubt, dass mich nichts mehr wird überraschen können, was mir von einem Autor vorgelegt wird. Doch Jefferson gelang dieses Kunststück in weniger als drei Druckseiten. Ich war vom Fleck weg Feuer und Flamme für ihn. Nur war ich leider nicht der Einzige. Auch andere Agenten wollten ihn. Es gab zudem ein weiteres Problem: sein Alter. Jefferson war 1940 geboren worden. Für mich keine große Sache. Er war aber immer noch ein weitgehend unbeschriebenes Blatt, das stramm auf die 40 zueilte. Für die Leitung der

Agentur war er zu alt. Es kostete mich sehr viel Zeit und all meine Kraft, sie zu überreden. Fast hätten wir ihn durch diesen Zeitverlust verloren, denn er stand kurz vor dem Abschluss mit einer anderen Agentur."

„Wie haben Sie ihn dann doch noch für Ihre Agentur gewinnen können?" unterbrach ich ihn.

„Ach, bitte, kein Grund für Formalitäten. Wir sind doch alle Familie hier, nicht wahr", sagte er, bevor er fortfuhr, indem er meine Frage beantwortete: „Ich versprach ihm, ihn genau bei dem Verlag unterzubringen, bei dem er sein wollte. Ich hatte hintenrum erfahren, dass er zu *McKay & Son* wollte. Ich hatte mit dem Verlag schon zu tun gehabt und rechnete mir sehr gute Chancen aus, ihn dort unterzubringen. Zu meinem Glück gelang es mir auch, mein Versprechen zu halten, wenn ich dazu aber auch gezwungen war, Scheinverhandlungen mit einem anderen Verlag zu führen. Ich führte diese Verhandlungen sogar so weit, dass wir kurz vor einem Abschluss standen. Es fehlte einzig noch Jeffersons Unterschrift. Deine Mutter rettete uns dann alle. Ihre Meinung war die ausschlaggebende bei *McKay & Son*. Jefferson wollte beiden Verlagen einen Besuch abstatten. Beim Besuch des Verlages, zu dem er nicht wollte, wurde ihm klar, dass es auch gar nicht ginge, da er mit den Leuten dort nicht konnte. Es wäre nicht einmal als Kompromiss gegangen. Und beim Besuch von *McKay & Son* lernte er deine Mutter kennen. Es war augenblicklich um ihn und um sie geschehen. Jeder konnte es sehen."

„Sie hat sich in ihn verliebt und er in sie", stellte ich fest.

„Es hat mich, offen gestanden, überrascht. Ich hatte über ein Jahr intensiv mit Jefferson zusammengearbeitet, las alle seine Texte und hatte unendlich lange Diskussionen mit ihm darüber. Er war schon ein seltsamer Vogel: Er hasste es, mit Menschen zu tun zu haben, aber wenn er mit den richtigen Leuten zusammen über Literatur, Texte und Musik diskutieren konnte, war er der glücklichste Mensch auf Erden. Zuerst dachte ich, dass es das Schreiben wäre, was ihn am glücklichsten macht. Er hat ohne Unterlass pausenlos an Texten gearbeitet. Aber wenn er dann mit mir oder eben mit deiner Mutter über Texte diskutiert hat – SO glücklich habe ich noch nie einen Menschen gesehen", erzählte er weiter.

„Hat er dann dieses Glücks wegen mit dem Schreiben aufgehört?" fragte ich.

„Mit dem Schreiben aufgehört?" fragte Jeremy Jones verdutzt zurück. „Er hat nie mit dem Schreiben aufgehört. Die Verliebtheit und die Zusammenarbeit mit deiner Mutter haben ihn im Gegenteil dazu angetrieben, noch viel mehr zu schreiben. Das erste Buch, das wir bei *McKay & Son* gemacht haben, war eine Sammlung bisher veröffentlichter Erzählungen. Es enthielt kein neues Material, das stimmt. Die drei Theaterstücke, die wir aber dann machten, hatte er alle neu geschrieben. Und er hatte noch Unmengen an neuem Material. Wir hätten noch viel mehr veröffentlichen können, wenn es strategisch klug gewesen wäre und wenn der Verlag die Kapazitäten dafür gehabt hätte."

„Die hatten wir damals schlicht nicht. Und wie du sagst: Zu viel ist auch nicht immer gut, wenn man das Maximum aus einer Sache herausholen will", bestätigte James McKay V.

„Sag ich doch", Jeremy Jones nickte.

„Wieso hat er dann aber aufgehört zu schreiben?" fragte ich. „Ab 1980 hat er kein Buch mehr veröffentlicht."

„Ja, das ist richtig. Er hat keines mehr veröffentlicht. Er hat aber, wie ich schon gesagt habe, nicht aufgehört, zu schreiben. Warum sollte er auch? Er liebte das Schreiben. Er arbeitete mit der besten Lektorin der Welt zusammen und hatte einen – verzeiht bitte das Eigenlob – kongenialen Agenten. Zudem stand er kurz vor dem Durchbruch. Die vier bis 1980 veröffentlichten Bücher hatten ihn trotz seines Alters dahin gebracht, dass er *der nächste heiße Scheiß* war, wie man heute sagt. Er war nicht mehr der obskure Hinterwäldler, er war ein aufsteigender Star in der Szene. Das nächste Buch, sein nächstes Werk, war entscheidend. Das würde den Durchbruch bringen – oder eben nicht. Das wusste er auch. Darum arbeitete er umso härter daran. Er versprach mir, so schnell wie möglich das nächste Werk abzuschließen und mir zu zeigen. Er hatte es nach seinen Worten schon fast fertig. Es sollte wieder ein Theaterstück werden. Urplötzlich sprach er jedoch dann davon, sein Repertoire erweitern zu wollen. Er wollte was Neues wagen. Daher habe ich das Stück nie zu sehen bekommen. Wahrscheinlich hat deine Mutter es zusammen mit all den anderen Manuskripten vernichtet. Von dem, was er Neues schreiben wollte, habe ich nur ein Kapitel eines Romans zu sehen bekommen. Ich wusste damit nichts Genaues anzufangen. Es war nichts Halbes und nichts Ganzes. Es war aus der Mitte des Werks. Wie es sich in den Gesamtzusammenhand einbetten und wie es da seine Wirkung entfalten würde, vermochte ich bei einem Autor wie ihm nicht einzuschätzen. Es stellte etwas wahrhaftig Neues dar. Es konnte sich daraus ein Meisterwerk entwickeln, es konnte aber auch in einem totalen Reinfall enden. Auszuschließen war das nicht. Selbst Genies können sich mal gewaltig vergaloppieren. Was ich mit Bestimmtheit sagen konnte, war, dass es nicht das war, für das ihn die Kritik und das Publikum liebgewonnen hatte. Es war nicht das, was als nächstes von ihm erwartet wurde. Dazu muss ich aber ergänzend anmerken, dass er mir das Kapitel 1982 gezeigt hat. Er war dabei sein Momentum zu verpassen. Ich weiß, es ist ungerecht. Aber es ist, wie es ist", führte Jeremy Jones aus.

Ich hatte ihm zugehört, ohne etwas zu sagen. Was er sagte, ergab Sinn, wenn es aber auch nicht alles erklärte. Nun war es aber endlich an der Zeit, ihn (wieder einmal) zu überraschen. Ich nahm meine Tasche und holte Kopien der von mir entdeckten Manuskripte heraus und reichte sie ihm über den Tisch. Er nahm sie entgegen und schaute mich fragend an: „Was ist das?"

„Hundertprozentig sicher bin ich mir nicht, aber ich denke, es handelt sich dabei um die Werke von denen du gerade gesprochen hast", sagte ich.

¡ÜBERRASCHUNG!

Jeremy Jones starrte mich entsetzt an, während James McKay V, den ich bisher nicht über die Texte informiert hatte, ein „Was?" entfuhr.

Dann war es aber an mir, überrascht zu sein, denn Jeremy Jones brach in Tränen aus. Er heulte ungeniert vor James McKay V und mir, während er durch die beiden Manuskripte blätterte. Das Einzige, was er hervorbringen konnte, war: „Ich kann es nicht glauben. Ich kann es nicht glauben. Sie sind es. Sie sind's!"

Als er mit dem kursorischen Lesen fertig war, schaute er lange auf die Manuskripte, die er da vor sich hatte, dann auf mich, dann reichte er die Kopien James McKay V, der darum gebeten hatte, und entschuldigte sich. Er verschwand aufgewühlt und aufgelöst Richtung Toiletten. Bis er wiederkam, hatte auch James McKay V die Texte durchgeblättert, wobei seine Augen vor Freude strahlten und sich in seinen Wangen wieder seine niedlichen Grübchen zeigten.

Kaum hatte Jeremy Jones sich wieder gesetzt, sagte er: „Es ist das versprochene Theaterstück. Ich bin mir sicher. Und es ist auch der Roman, von dem ich ein Kapitel gelesen habe. WIE bist du daran gekommen?"

Es war nun an mir zu erzählen. Ich berichtete Jeremy Jones und James McKay V, wie ich auf die Manuskripte gestoßen war und was mich hierher zu Ihnen gebracht hatte. Aufmerksam hörten die beiden mir zu. Nachdem ich zum Ende meines Berichts gekommen war, schaute mich Jeremy Jones wieder lange an.

„Zu gerne würde ich diese beiden Werke veröffentlicht sehen. Das, jedoch, wird nur ein Traum bleiben. Deine Mutter hat jede Veröffentlichung ohne ihre Zusage strikt verboten", sagt er schließlich.

Ich wusste nicht, was ich darauf erwidern sollte oder konnte.

„Aber mal was völlig anderes: Möchtest du Jefferson Thomas persönlich begegnen?" wechselte Jeremy Jones unvermittelt das Thema, ohne es zu wechseln.

„Äh,… Er ist tot", entgegnete ich.

„Ja, das ist richtig. Sein Grab ist hier in der Stadt. Ich weiß, wo es liegt. Wie wär's?" erwiderte er.

Für einen Moment war mir der Gedanke äußerst zuwider. Meinen Bedarf an Friedhöfen hatte ich für dieses Jahr schon reichlich gedeckt. Es war dann aber die Neugier, die siegte, und ich stimmte zu.

Auf der Fahrt zum Friedhof in James McKay V Maserati Ghibli fragte ich Jeremy Jones nach dem Autorennamen auf den Titelblättern der Manuskripte.

„Ungewöhnlicher Name, nicht wahr?" sagte er. „Es ist das Pseudonym von Jefferson. Er hat die wahrhaftig ungewöhnlichen Vornamen seiner Urgroßväter genommen, sie in Silben aufgeteilt, die Silben auf Zettel geschrieben und die Zettel gemischt. Am Ende hat er die Zettel gezogen. Die Reihenfolge der Silben hat den Namen ergeben. Er wollte unter diesem Pseudonym seine Werke bei *McKay & Son* veröffentlichen, doch der Verlag hat es nicht gestattet."

„Verlagspolitik seit Ururgroßvater James", bemerkte James McKay V von vorne.

„Das war der einzige Kompromiss, den Jefferson Thomas als Berufsschriftsteller eingegangen ist", sagte Jeremy Jones darauf lachend.

10

Beim Anblick des Friedhofs zog sich alles in mir zusammen, aber nicht, weil ich mich vor dem fürchtete, was mich dort erwarten würde, oder weil ich etwa aufgeregt war, sondern unserer Mutter wegen. Beerdigungen sollen auch dazu dienen, den Hinterbliebenen die Möglichkeit zum Abschied zu geben. Doch die Beerdigung unserer Mutter wie schon die unseres Vaters zuvor war für mich keine Katharsis gewesen. Sie verschärfte vielmehr die Krise. Es kostete unheimlich viel Kraft und Aufwand, sie, wenn schon nicht beherrschbar zu machen, so doch in den Griff zu kriegen. Hier und jetzt drohte mir der Zugriff wieder zu entgleiten. Es fand sich jedoch überraschenderweise Rettung von unerwarteter Seite. Es war eine Überraschung für alle – außer für den, der sie eingefädelt hatte.

Beim Grab von Jefferson Thomas erwartete uns eine Frau, die, sobald sie uns gewahr wurde, schnurstracks auf uns losmarschiert kam. Sie steuerte unaufhaltsam direkt auf Jeremy Jones zu. Bei ihm angelangt, fragte sie ihn wütend: „Was soll das, Jones? Was bringst du hier Überraschungsgäste mit?"

„Darf ich vorstellen: Maggie Thomas, die Schwester von Jefferson", sagte er zu James McKay V und mir. „Maggie! Das ist der neue Verlagsleiter von *McKay & Son*, James McKay V, und –"

Weiter kam er nicht mehr, denn da war der Blick von Maggie Thomas schon auf mich gefallen. Sie erbleichte, machte ein gurgelndes Geräusch wie eine Ertrinkende, schlug sich die Hand vor den Mund und drehte sich blitzschnell weg.

Im nächsten Moment fand ich mich aber in einer kräftigen Umarmung wieder. Sie drückte mich fest an sich. Und ich drückte sie, wenn ich auch nicht wusste, wieso. Sie weinte und ich weinte auch. Unserer Mutter wegen.

Unsere Mutter war dann auch das Erste, wonach sie sich erkundigte, nachdem sie mich eingehend betrachtet hatte und mir die Tränen behutsam von den Wangen gewischt hatte: „Wie deiner Mutter aus dem Gesicht geschnitten siehst du aus. Wie geht es ihr? Sie hat sich seit einigen Monaten nicht mehr bei mir gemeldet. Warum hast du sie nicht gleich mitgebracht, wo du schon mal hier bist?"

Es kostete mich mehrere Anläufe: „Mutter ist gestorben."

Maggie Thomas schaute mich ungläubig an. Dann schaute sie Jeremy Jones sehr böse an, der nur sagte: „Ja, richtig. Ich habe es dir nicht gesagt. Du solltest es von ihr erfahren. Das hatte ich mir so gedacht."

Ohne ihn eines weiteren Blickes zu würdigen, schloss sie mich wieder in ihre Arme und wir weinten, bis wir uns für den Moment ausgeweint hatten, während James McKay V und Jeremy Jones betreten dabei standen.

Schließlich nahm mich Maggie Thomas bei der Hand und führte mich zum Grab ihres Bruders. Es war ein schlichtes Grab. Ein kleiner Stein, sein Name, seine

Lebensdaten. Es machte einen sehr gepflegten Eindruck, wofür Maggie verantwortlich war, wie sie mir erzählte, als wir vor dem Grab standen. Sie kam jede Woche wenigstens einmal hierher zu ihm.

„Du weißt, wer ich bin. Woher?" fragte ich, als wir uns wieder James McKay V und Jeremy Jones zuwandten.

„Durch deine Mutter. Wir hielten den Kontakt. Alle paar Jahre kam sie für kurze Zeit rüber, das Grab und mich besuchen", antwortete sie.

„Ich erinnere mich. Ihre ‚Geschäftsreisen'", sagte ich. „Sie erzählte uns, sie müsste geschäftlich rüber."

„So war es. Wenn sie dann hier war, kam sie mich besuchen. Sie berichtete von dir und deinen Brüdern. Sie zeigte mir Fotos von euch. Das letzte Mal war sie vor sechs Jahren da", sagte sie.

„Bevor Vater starb", konnte ich mich nicht zurückhalten, anzumerken.

„Von da an telefonierten wir nur noch", bemerkte sie und schaute zu Jeremy Jones: „Ich könnte jetzt einen vertragen. Deine Überraschung ist dir gelungen. Gratuliere. Lass uns zu mir fahren und auf den Schreck und meine Nichte und zum Gedenken an meine Schwägerin und an meinen Bruder einen heben."

Jeremy Jones und auch James McKay V nickten. Doch auf dem Wege zum Parkplatz des Friedhofs klingelte das Smartphone von James McKay V. Er entschuldigte sich und ging kurz ran. Nachdem er das Telefonat beendet hatte, wandte er sich uns mit bedrückter Mine zu: „Im Verlag wird meine Anwesenheit gebraucht. Es gibt ein Mega-Problem, das meine ganze Aufmerksamkeit fordert. Ich kann leider nicht mitkommen, so leid es mir tut."

„Welcher Autor will sich den von der Teppichkante in den Abgrund stürzen?" fragte Jeremy Jones.

„Einer von deinen ehemaligen", antwortete James McKay V.

„Wenn er es ist, dann ist es wahrhaftig besser, du bist im Verlag", stellte Jeremy Jones fest.

„Es tut mir wirklich leid. Zu gerne wäre ich mitgekommen", sagte James McKay V zu Maggie Thomas und mir.

„Kann man nichts machen", stellte Maggie Thomas fest.

„Ruf mich am Abend kurz an und berichte mir, was ihr beredet habt, ja?" sagte James McKay V zu mir. Ich nickte.

Am Parkplatz des Friedhofs verabschiedete sich James McKay V von uns und brauste in seinem Maserati Ghibli Richtung Verlag davon, während wir in den Wagen von Maggie Thomas stiegen und zu ihr fuhren.

Auf dem Weg zu ihr bat sie mich, ihr alles über die letzten Monate unserer Mutter zu erzählen, was mir äußerst schwer fiel.

Aber so kam mir das Gläschen, das sie Jeremy Jones und mir anbot, um auf die Verstorbenen und meine ‚Heimkehr' zu trinken, nachdem wir bei ihr in der Wohnung angelangt waren, sehr gelegen. Nach einer weiteren Runde holte sie einige Fotoalben hervor und führte uns anhand der Fotos in groben Zügen durch die Geschichte der Familie Thomas. Schließlich kam sie zum Leben ihres Bruders. „Zuerst war gar nicht das Schreiben", begann sie. „Zuerst war das Laufen. Ab dem Augenblick, ab dem er laufen konnte, war mein Bruder unterwegs. Zuerst nur auf unserer Farm, dann im ganzes Dorf, dann im ganzen County, dann im ganzen Bundesstaat und dann im Rest des Landes. Und dann darüber hinaus. Zuerst schrieb er mir Postkarten aus den Gegenden, in denen er sich aufhielt. Dann fing er jedoch damit an, mir Erzählungen zu schicken. Aus jedem Ort eine neue Erzählung, die genau in diesem Ort spielte und Erlebtes mit Fiktivem verband. Zuerst war ich belustigt. Mit der Zeit ging es mir aber mächtig auf die Nerven. Da ich aber wusste, wie ungern er Aufmerksamkeit von anderen Menschen hatte, schickte ich seine Texte an Zeitschriften. Sollten sie erfolgreich sein, hätte er sich viel mit anderen Menschen rumschlagen müssen und ich hätte Ruhe vor seinen Machwerken. Das war die Idee."

„Magst du keine Literatur?" fragte ich.

„Ich kann mit Literatur nicht viel anfangen, das ist wahr. Das war aber nicht der Punkt. Ich wollte meinen Bruder, nicht seine Texte. Ich wollte, dass er auf der Farm Verantwortung übernimmt", antwortete sie.

„Aus der Rache ist jedenfalls nichts geworden. Er hat jede Diskussion mit anderen über Literatur förmlich in sich aufgesogen", sagte Jeremy Jones.

„Ja, mit der Rache wurde es nichts. Vielmehr musste ich nun seine Fanpost beantworten. Aber es brachte mir dann doch meinen Bruder wieder. Er kam von seinen Wanderungen zurück. Zu dem Zeitpunkt gab es die Farm aber schon nicht mehr. Ich lebte inzwischen in dieser Stadt hier mit meinen damaligen Katzen. Seine Ankunft in dieser Stadt war der Anfang jener Zeit, in der wir uns so nahe waren wie nie zuvor. Selbst die Liebe zu deiner Mutter und die Hochzeit hat daran nichts ändern können, hat es sogar noch intensiviert nach der Geburt deiner Brüder. In dieser Zeit haben wir uns so gut verstanden wie nie zuvor", führte sie aus.

„Weißt du dann vielleicht etwas über diese Manuskripte?" fragte ich sie und reichte die Kopien, die ich aus meiner Tasche geholt hatte.

Maggie Thomas nahm die Kopien entgegen: „Kann sein. Habe alle seine Texte gelesen. In der Regel war ich sein erster Leser", bemerkte sie nicht ohne Stolz.

Sie blätterte die Kopien in aller Ruhe durch.

„Und?" fragte ich, als sie damit fertig war.

„Ich kenne diese Texte nicht. Ich habe sie nicht abgetippt", sagte sie verwundert.

„Was heißt das?" fragte ich. „Ich verstehe nicht."

„Bis zum Ende der 1970er Jahre war ich es, die seine handschriftlichen Notizen auf Maschine schrieb, bevor sie an Zeitschriften oder zur Agentur oder an Verlage gingen. Zuerst, wie ich sagte, aus eigenem Antrieb. Später hat er mich dafür bezahlt. Er nannte es meinen Anteil an seinem Erfolg. Er hat mich sehr gut bezahlt. Er selber konnte nicht Maschine schreiben", antwortete sie und hielt dann die Kopien hoch: „Das hier sind zweifellos seine Texte, er hat sie mir aber nie gezeigt. Entweder hat deine Mutter sie abgetippt oder er selbst. Woher hast du sie?"

Kurz erzählte ich ihr, wie ich auf die Originale gestoßen war. Als ich fertig war, war das Einzige, was sie darauf sagte: „Oh!"

„Das ist alles, was dir dazu einfällt, Maggie?" fragte Jeremy Jones.

„Diese Texte müssen für deine Mutter von unermesslichem Wert gewesen sein", sagte Maggie Thomas zu mir, ohne Jeremy Jones eines Blickes zu würdigen. „Ich mag mir gar nicht vorstellen, wie viel ihr diese Texte bedeutet haben."

„Darum hat sie sie also nicht wie alles andere vernichtet?" fragte ich.

„Es muss so sein. Die Frage ist: Warum diese beiden? Meine Wahl wäre eindeutig eine andere gewesen", antwortete sie.

„Ach ja? Welche Texte hättest du denn behalten?" fragte Jeremy Jones.

„All seine Briefe und Postkarten an mich. Die allererste Erzählung überhaupt, die er an mich geschickt hat. Und den Erzählband", antwortete sie knapp.

Jeremy Jones nickte: „Ja, das kann ich nachvollziehen. Ich muss aber gestehen, dass ich alles behalten hätte. Den Nachlass eines Autors zu vernichten, ist eine Sünde."

„Vielleicht weiß A. J. mehr", bemerkte Maggie Thomas daraufhin, ohne auf das einzugehen, was Jeremy Jones gesagt hatte.

„Wer ist A. J.?" fragte ich, während Jeremy Jones ausrief: „A. J.! Warum habe ich nicht selber an ihn gedacht? Na klar!"

„Ich rufe ihn sofort an, wartet mal eben", sagte Maggie Thomas und war schon aus der Küche, in der wir alle saßen, verschwunden.

„Wer ist A. J.?" fragte ich noch einmal.

„A. J. Rix. Wenn ich mich recht entsinne, haben er und Jefferson sich kennengelernt, als Jefferson es mal in der Army versucht hatte. Wie Jefferson liebt A. J. das Schreiben. Während aber Jefferson ein Meister der Vielschreiberei gewesen war, der Texte sehr schnell zu Papier brachte und dann nur noch minimal änderte, schreibt A. J. sehr langsam. Bis er mit einem Wort zufrieden ist, dauert es sehr lange. Von einem Satz oder einem Absatz oder einem ganzen Text gar ganz zu schweigen. A. J. schreibt aber nicht nur. Er gestaltet seine Bücher auch selbst und druckt sie per Handpresse auch noch selbst dazu. Seine Auflagen betragen maximal 50 Stück, wenn er Holzschnitte verwendet manchmal sogar noch weniger. Seine Bücher sind wahre Kunstwerke und in einigen Sammlerkreisen heiß begehrt. Er gestaltet auch auf Anfrage Werke anderer Autoren, wenn sie ihm gefallen. Im Mainstream ist er jedoch kaum bekannt", erklärte Jeremy Jones und schaute dann nach Maggie Thomas, die sich kurz drauf wieder zu uns setzte und uns noch einen eingoss.

„Er möchte dich treffen. Und zwar schon morgen. Er möchte, dass du zu ihm kommst", sagte sie zu mir und hielt ihr Gläschen in die Höhe. Wir stießen an und tranken.

„Wofür haben wir Telefon? Wofür haben wir das Internet?" Jeremy Jones stöhnte und verdrehte die Augen.

„Ich habe kein Problem damit, zu ihm zu fahren. Dafür bin ich ja hier", entgegnete ich.

„Das ist schon klar. Das ist auch nicht das Problem. Das Problem ist: A. J. wohnt seit einigen Jahren in der Ecke des Landes, aus der wir kommen. Um genau zu sein: Er hat unsere Farm gekauft. Dahin verirrt sich normalerweise niemand. Dich dahin zu kriegen, wird ein ‚Mega-Problem', um Nummer 5 zu zitieren", sagte Maggie Thomas zu mir und wandte sich dann an Jeremy Jones: „Du hör auf zu jammern. Hilf lieber! Mach dich nützlich!"

Er grinste sie an: „Schon erledigt! Hier", sagte er und zeigte uns auf seinem Smartphone eine Verbindung.

So buchte ich mit der Hilfe von Jeremy Jones für den nächsten Morgen einen Flug zu dem Flughafen, der am nächsten zur Farm von A. J. Rix lag und einen Rückflug in die Stadt für den darauf folgenden Tag. Maggie Thomas informierte A. J. Rix darüber und gab ihm auch meine Nummer, die ich ihr gegeben hatte. Er würde am Flughafen auf mich warten, so ihre Auskunft. Ein Hotel bräuchte ich dort nicht zu buchen, da ich bei ihm auf der Farm für die Nacht unterkommen würde.

Nachdem wir alles für den Trip zu A. J. Rix organisiert hatten, blieben Jeremy Jones und ich noch eine Weile bei Maggie Thomas und ich berichtete ihnen wie tags zuvor schon James McKay V von unserem Leben in der weiten Ferne.

Als Jeremy Jones und ich uns endlich von Maggie Thomas verabschiedeten, drückte sie mich noch einmal feste an sich. Ich musste ihr hoch und heilig versprechen, in Kontakt zu bleiben. Dann begleitete mich Jeremy Jones in einem Taxi noch bis zum Hotel, wo wir voneinander Abschied nahmen, nicht aber, ohne zuvor unsere Visitenkarten ausgetauscht zu haben. Er wollte wie Maggie Thomas unbedingt auf dem Laufenden gehalten werden.

In meinem Hotelzimmer angekommen machte ich erst einmal ein Schlümmelchen. Wie gestern Abend schon war ich auch heute total erschöpft. So blieb ich denn in meinem Zimmer und bestellte mir über den Zimmerservice Abendessen aufs Zimmer. Mir war heute einfach nicht nach Ausgehen zumute. Ich informierte aber wie schon gestern meine Brüder über die Ereignisse des Tages. Ich schickte ihnen auch Fotos vom Grab und ein Selfie von mir mit Maggie Thomas. Tante Mary-Lou informierte ich ebenfalls, die anmerkte, dass sie Maggie Thomas vergessen hätte, was ihr unendlich leid täte und was ich ihr unbedingt glauben müsse. Ich skypte dann auch noch mit James McKay V, der es ungeheuer schade fand, das wir uns an diesem Abend nicht mehr treffen würden, der mir aber das Angebot machte, mich morgen zum Flughafen zu bringen, was ich dankend annahm. Das Skype-Gespräch mit ihm dauerte länger als von mir geplant.

11

Wie abgesprochen erwartete mich A. J. Rix am Flughafen. Es war ein Flughafen wie ich ihn noch nie zuvor gesehen hatte. So klein. Wie das Flugzeug, das mich auf dem zweiten Teil der Strecke hierhergebracht hatte. Einmal hatte ich umsteigen müssen (von klein nach noch kleiner).

Im Gegensatz zum zweiten Flieger und dem Flughafen war A. J. Rix ein Riese, sehr groß und von kräftiger Statur. Er hatte einen Rauschebart im Gesicht und eine Baseballkappe mit einem „P" auf den Kopf (sein Heimatteam, wie er mir später erklärte, auch wenn er es mehr mit dem dortigen Hockey-Team als mit dem Baseball-Team hielt). Ich erkannte ihn an dem Schild mit meinem Namen, das er in die Höhe hielt. Seine Begrüßung fiel überaus herzlich aus.

Wie der Mann so war auch sein Auto: Der Pick-Up war größer als viele Lastwagen, die ich in meinem Leben gesehen hatte. Als wir darin das Flughafen-Gelände verließen, sah ich ringsum fast nur Felder. Ich machte mich daher auf eine sehr lange Autofahrt durch eine Landschaft voll solcher Felder gefasst. Dem war aber nicht so! Nach gut einer Stunde bog A. J. Rix in einen Feldweg ein und weitere zehn Minuten später standen wir vor dem Haupthaus der Farm.

Die Fahrt hatte A. J. Rix dazu genutzt mir unendlich viele Fragen über unsere Mutter, meine Brüder und über mich zu stellen. Fragen von mir jedoch wich er mit der Bemerkung aus, dass dazu später noch Zeit genug sei.

Während er mein Gepäck trug, führte er mich zur Eingangstür des Haupthauses, wo wir von einer Frau erwartet wurden.

Sie stellte sich als seine Lebensgefährtin Michelle Collins vor. Beide wollten mir zunächst das Zimmer zeigen, in der ich die Nacht verbringen sollte, doch im Eingangsbereich war eine Wand voller Fotografien. Gebannt blieb ich stehen und betrachtete sie.

Mir fiel sofort ein Bild auf, das jüngere Versionen von A. J. Rix und Jefferson Thomas in Schwarz-Weiß zeigte. Beide trugen Uniformen.

„Das war, als er für kurze Zeit Soldat spielte. Das war auch, wo ich ihn kennenlernte. Er liebte wie ich das Schreiben. Im Gegensatz zu ihm tat und tue ich mich damit aber sehr schwer. Bei ihm floss es nur so aus ihm heraus. Wie kann ich es Ihnen am besten erklären? Kennen Sie Beethoven? Den Komponisten? Ja? Die 9. Symphonie von Beethoven? Jeff konnte an einem Tag ein Werk wie die 9. Symphonie von Beethoven schreiben und dann achtlos liegenlassen oder gar wegschmeißen, weil er wusste, dass er am nächsten Tag etwas viel Besseres schreiben würde. Er schüttelte es einfach so aus dem Ärmel, rotzte es aufs Papier in seiner Sauklaue. Nur die Armee war nix für ihn. Deshalb provozierte er so lange, bis sie ihn rauswarfen", hörte ich A. J. Rix hinter mir sagen. „Was sein Glück war."

Mein Blick war auf das Foto daneben gefallen. Es zeigte vier Soldaten, alle in Uniformen. Einer davon war A. J. Rix. Zwei sahen wie Asiaten aus und dann war da noch ein Soldat mit weißer Hautfarbe: „Was hat es damit auf sich?" fragte ich und deutete auf das Bild.

„USA, Südkorea, Südvietnam, Australien. All die, die Sie auf dem Bild sehen, haben den Krieg überlebt. Und wir treffen uns seitdem regelmäßig. Wenigstens einmal im Jahr. Aber mit dem Alter wird es leider immer schwieriger", sagte er nachdenklich. „Aber kommen Sie! Ich zeig Ihnen Ihr

Zimmer und dann führ ich sie auf der Farm herum. Einverstanden?"

Ich nickte.

Das Zimmer war hübsch eingerichtet und riesig im Vergleich zu meinem Hotelzimmer. Es verfügte über ein eigenes Badezimmer, was sehr angenehm war.

Von der Farm zeigte er mir, was er daraus gemacht hatte, nachdem er sie käuflich erworben hatte. In den Wirtschaftsgebäuden hatte er alles für seine Buchproduktion untergebracht. Er zeigte mir alles, was damit zusammenhing und erläuterte ausführlich, wie er ein Buch machte. Er machte wirklich alles selbst vom Text über das Entwerfen der Schrifttype und das Schneiden der Letter über die Druckfarben über Papier über Grafiken über Einbandgestaltung bis zum Drucken und Binden. Alles in Handarbeit, alles allein. Einzig Michelle ging ihm noch zur Hand, kümmerte sich aber mehr um die geschäftliche Seite der Unternehmung. So konnte es passieren, dass er für ein Buch von der Idee bis zum fertigen Produkt bis zu fünf Jahren brauchen konnte. Das Ergebnis seiner Bemühungen war aber wirklich überwältigend. Es waren fürwahr Meisterwerke, die er mir da zeigte.

Ganz zum Ende der Besichtigungstour zeigte er mich auch noch den Friedhof (Nummer 3 in diesem Jahr!), der zur Farm gehörte und auf der mehrere Generationen der Familie Thomas zur letzten Ruhe gebettet worden waren, bevor die Eltern von Jefferson Thomas und Maggie Thomas die Farm zu verkaufen gezwungen waren. Sie wechselte danach mehrfach den Besitzer, bis A. J. Rix kam. Er hatte nach der Armee Michelle Collins kennen- und liebengelernt. Zusammen hatten sie Geld investiert und zu ihrem Glück dabei den richtigen Riecher gehabt. Das ermöglichte es ihnen, hier ihren Traum zu verwirklichen.

Zurück im Haupthaus wartete Michelle schon mit dem Essen auf uns. Es war viel und mächtig und köstlich. Während des Essens erzählte A. J. Rix von seiner Zeit in Südostasien und Michelle Collins von ihrem Leben in der Finanzindustrie.

Nach dem Essen bat A. J. Rix mich darum, ihm die Kopien der Manuskripte von Jefferson Thomas zu zeigen. So stapfte ich nach oben in mein Zimmer, während er und Michelle den Kamin im Wohnzimmer anwarfen, vor dem wir es uns dann alle gemütlich machten und die beiden in den Kopien blätterten und die Texte überflogen.

„Ich weiß nicht, was Ihnen die anderen alles erzählt haben, aber möglicherweise haben Sie den Eindruck gewonnen, dass Jeff für lange Zeit seines Lebens das war, was man heutzutage einen *Nerd* nennt. Das ist auch nicht falsch. Er hatte Probleme mit Menschen, das war einfach so. Schon immer gewesen. Keiner hatte daran schuld. Allein

Literatur leistete ihm die Gesellschaft, die er suchte und brauchte. Gespräche führte er mittels seiner Figuren. Das war seine Form der Kommunikation. Er war, was seltsam klingen mag, gleichzeitig aber sehr beliebt. Er brauchte gar nichts tun. Es war wie mit dem Schreiben. Das war er einfach. Er betrat eine Bar und alle Frauen drehten sich nach ihm um. Er hätte jede einzelne von ihnen haben können. Er wollte aber nicht. Nicht, weil er nicht mit Menschen im Allgemeinen zu tun haben wollte. Nicht, weil er schüchtern und unbeholfen war. Er fand nur einfach niemanden, der sein Interesse weckte. – Gut, er fand mich und ich fand ihn, aber schwul waren wir beide nicht. – Die erste Person, die sein Interesse, nein, sein Begehren weckte, war Ihre Mutter. Ab da wurde alles anders, einschließlich seiner Texte. Er brauchte sich bestimmte Dinge nicht mehr auszudenken, er hatte sie in der Realität. Es änderte sich aber auch der Zweck der Literatur für ihn. Es änderte sich, wozu er Literatur gebrauchen wollte, was er damit ausdrücken wollte. Man sieht diesen Wandel, diesen Wechsel, ganz eindeutig an diesen beiden Texten. Das Theaterstück ist der Höhepunkt einer Schaffensperiode und zugleich der Endpunkt dieser Periode. Der Roman ist der erste Gipfel auf dem Weg durch ein neues Gebirge", sagte er schließlich.

„Das mit dem ‚Gebirge' ist aber echt blümerant ausgedrückt, Schatz", bemerkte Michelle Collins. „Was meinst du damit?"

„Familie", sagte A. J. Rix nur.

„Ist das dann aber der Grund, wieso unsere Mutter von all seinen Texten diese behalten hat, weil sie literarisch am wertvollsten sind?" fragte ich.

A. J. Rix schüttelte den Kopf: „Kann sein. Ihre Mutter war ja Lektorin. Sie kann so gedacht haben. Vielleicht liegt der Grund aber auch darin, dass es seine letzten abgeschlossenen Texte waren. Ich wusste um die Texte, er hatte sie mir gegenüber erwähnt. Er hatte mir sogar ein bisschen von dem Inhalt verraten. Er hatte mir aber nie erzählt, dass er die Arbeit an ihnen abgeschlossen hatte und dann noch selber abgetippt hatte. Wann hatte er das nur gelernt? Der Umstand, dass er es gelernt hat, deutet darauf, dass die Texte enorm wichtig für ihn waren und den Beginn einer neuen Arbeitsweise markieren. Sie stellen einen Epochenwechsel dar. Nur warum wollte er sie dann nicht veröffentlichen, wenn er sie schon fertig hatte? Es ergibt keinen Sinn. Es ist ein Rätsel. Jeden Text, von dem er überzeugt war, hat er veröffentlicht. Entsprach ein Text nicht seinen Ansprüchen – und mochte es sich auch um eine *10. Symphonie* handeln – verschwand er in der Ablage. Das ist aber nicht geschehen. Sonst wären die Texte nicht auf uns gekommen. Ihre Mutter war da sehr rigoros."

„Dann war es vielleicht gar nicht Jeffs Entscheidung, mein Schatz", bemerkte Michelle.

„Und hier beißt sich die Katze in den Schwanz. Unsere Mutter können wir nicht mehr fragen", sagte ich und gähnte dann unbeabsichtigt breit und ausführlich. Der Tag war wieder lang gewesen.

„Leider können wir sie nicht mehr fragen. Wie wir leider auch Jeff nicht mehr fragen können", sagte A. J. Rix mit trauriger Stimme und musste dann auch gähnen.

„Ich glaube, es ist Schlafenszeit", bemerkte Michelle. A. J. Rix und ich nickten zustimmend.

Bevor ich ins Bett ging, informierte ich meine Brüder, Tante Mary-Lou, James McKay V, Jeremy Jones und Maggie Thomas kurz und knapp über das, was ich heute in Erfahrung gebracht hatte. Zu meiner Überraschung gab es hier im

Nirgendwo von Irgendwo ein Superempfang. Damit hatte ich am Ende der Welt nun überhaupt nicht gerechnet.

Bevor A.J. Rix mich am nächsten Morgen nach dem Frühstück zurück zum Flughafen brachte, fuhr er mit mir die Grenzen der Farm ab. Er wollte mir zeigen, wie groß sie war und wie prächtig die Landschaft war. Ich kam fürwahr aus dem Staunen nicht heraus.

„Wir hatten einfach Glück mit dem Investment und Riesenglück mit dem Timing. Zum damaligen Zeitpunkt waren die Preise im Keller und wir machten ein Schnäppchen", meinte er.

Als wir nach dem Frühstück zum Auto gingen, machte ich noch einmal vor der Fotowand halt und betrachtete die Aufnahmen eingehend. Mir fiel dieses Mal ein Bild auf, was ich gestern völlig übersehen hatte. Es zeigte vor dem Portal einer Kirche unsere Mutter und Jefferson Thomas mit Maggie Thomas, die einen Jungen auf dem Arm hatte, der wie sie Richtung Kamera lächelte, und A. J. Rix, der ein Baby und eine Kerze hielt.

„Das habe ich gemacht", bemerkte Michelle Collins. „Die Taufe von Jeffs kleinem Sohn. A. J. war der Taufpate."

„Nicht wahr!" Ich schrie fast.

„Es ist wahr. Maggie ist nicht nur Tante, sondern auch Patentante von Jeffs Ältestem, während ich der Patenonkel von seinem Jüngsten bin. Zuvor war ich auch schon Jeffs Trauzeuge gewesen. Da sehen Sie das Foto", bestätigte A. J. Rix. „Was für schöne Tage es gewesen waren. Glückliche Augenblicke in unser aller Leben", sagte er dann mit belegter Stimme und machte eine Handbewegung Richtung der Fotowand: „Alles hier glückliche Momente."

Ich musste mich schnell abwenden, wollte ich nicht in Tränen ausbrechen.

Auf der Fahrt zum Flughafen erzählte mir A. J. Rix Anekdoten aus der Zeit seiner Freundschaft mit Jefferson Thomas. Ich stellte ihm, weil es mich schon sehr interessierte, Fragen zu seinen Werken, von denen er mir eins zum Abschied schenkte. Bevor wir uns im Flughafen trennten, tauschten wir die Kontaktdaten aus, um weiterhin miteinander in Verbindung zu bleiben.

12

Zurück in der großen Stadt erwartete mich James McKay V am Flughafen. Er fuhr mich nicht sofort in mein Hotel zurück, sondern zu einem anderen Lieblingsrestaurant von ihm, wo wir zu Abend aßen und ich ihm alles von A. J. Rix erzählen musste. Als ich ihm das Werk von A. J. Rix zeigte, fielen ihm fast die Augen aus dem Kopf, so groß wurden sie.

„Das hat er dir geschenkt?" fragte er mich ungläubig.

„Ja", sagte ich gänzlich unbeeindruckt.

„Ich kenne das Werk, wenn ich auch noch kein Exemplar zu Gesicht bekommen habe. Die Auflage beträgt 10 Stück. Es ist unter Sammlern ein Vermögen wert. Dafür bekommst du mehr als für ein signiertes Exemplar der Taschenbiografie von Stan Lee", erläuterte er.

„Wirklich? Ich habe nicht nach dem Preis gefragt", entgegnete ich.

„Willst du ihn wissen?" fragte er.

„Ich bin mir nicht sicher", antwortete ich.

„Er liegt im sechsstelligen Bereich. Obere Hälfte. Nicht in Yen, nicht in Pesos, nicht in Rubel, nicht in Dollar. In Euro", sagte er. „Willst du es noch genauer wissen?"

Ich war sprachlos. Das musste ein Scherz sein. Und wenn nicht, musste ich das Werk sofort zurückgeben. Solch ein

Geschenk konnte ich doch nicht annehmen. Das war viel zu viel! Aber es war nun einmal ein Geschenk. Ein Geschenk zurückzugeben, war mehr als unhöflich. Es ließ den anderen sein Gesicht verlieren.

Betreten schüttelte ich den Kopf.

James McKay V lachte: „Ich hoffe, du hast das Bankschließfach noch. Du wirst es jetzt brauchen. Nicht wirklich mit der Lösung des Rätsels vorangekommen, aber einen Hauptpreis abgestaubt. Nicht schlecht. Ich hätte aber vielleicht was, was zur Lösung des Rätsels beitragen könnte."

„Hast du etwas Neues herausgefunden?" fragte ich.

„Das habe ich. Während du bei Mr. Rix warst, habe ich noch einmal nach Informationen zu dem Mord an Mr. Thomas gesucht. Sein Mörder hatte damals lebenslänglich bekommen. Er lebt noch und sitzt weiterhin hinter

Gittern. Ich habe ihn kontaktiert. Er würde sich gerne mit dir treffen", antwortete er.

Ich starrte James McKay V einfach nur an und konnte mich nicht bewegen. Dabei wollte ich einfach nur aufspringen und weglaufen. Sein Vorschlag war einfach nur ungeheuerlich, auch wenn ich nicht genau wusste, wieso. Es fühlte sich so... Ich hatte kein Wort dafür, hätte James McKay V in diesem Moment aber gerne eine gelangt. Doch war ich wie gelähmt. (Und eine Szene wollte ich hier auch nicht machen.)

„Du musst nicht, wenn du nicht willst. Es war halt eine Idee von mir", sagte er dann zurückhaltend, nachdem er gemerkt hatte, wie ich ihn anstarrte.

„Eine sehr, sehr, sehr dumme, dumme, dumme Idee", bemerkte ich. „Wieso? Wozu? Was soll das bringen?"

„Ein weiterer Zugang, eine andere Perspektive, zusätzliche Infos?" fragte er unsicher.

„Verlangt er was dafür? Eine Gegenleistung?" fragte ich zurück.

„Nein, er verlangt nichts dafür. Er macht es, so sagt er, weil er an dir interessiert ist. Er will ganz offen und ehrlich mit dir sein", antwortete er.

„Wann?" fragte ich.

„Du kannst ihn schon morgen besuchen, wenn du magst. Oder übermorgen, wenn es dir zu schnell geht", antwortete er.

„Um wie viel Uhr?" fragte ich weiter, ohne dass mich seine vorherige Antwort erreicht hatte.

„Am frühen Nachmittag, so um 13 Uhr", antwortete er. „Ich kann dich hinbringen."

„Du bringst mich hin. Und du holst mich wieder ab. Du kommst aber nicht mit rein", sagte ich und packte meine Sachen zusammen.

„Okay", sagte er und zeigte sein Lächeln mit den Grübchen, welche dieses Mal aber keinen Effekt auf mich hatten.

„Kannst du mich jetzt ins Hotel fahren?" fragte ich ihn. „Ich bin sehr müde. Die ganze Fliegerei gestern und heute und die vielen Eindrücke – ich bin sehr erschöpft."

Im Hotel angekommen erledigte ich rasch meine Chronistenpflicht meinen Brüdern und Tante Mary-Lou gegenüber. Ich schickte Ihnen auch ein Bild des Werkes von A. J. Rix. Ich schickte ihnen aber nicht das abfotografierte Taufbild und das abfotografierte Hochzeitsbild. Ich ließ das für morgen geplante Treffen mit dem Mörder von Jefferson Thomas ebenfalls unerwähnt.

Wenn ich auch hundemüde war, so konnte ich dennoch nicht einschlafen. Ich verbrachte die Nacht damit, zu verstehen, auf was ich mich da eingelassen hatte und wieso. Es wollte mir nicht gelingen. Meine Gedanken rannen mir wie Sand durch die Finger und lösten sich in Dunkelheit auf.

13

Sein Name war Master Anderson. Er war 24 Jahre jünger als Jefferson Thomas. Seit 1985 saß er ein. Er wirkte ruhig. Er machte keinen unsympathischen Eindruck. Das Auffälligste an ihm war der klare, durchdringende Blick seiner grauen Augen. Sie sahen mich ganz genau an. Sie ließen die ganze Zeit, die ich vor ihm saß, nicht von mir ab und folgten aufmerksam all meinen Bewegungen und Regungen.

„Wieso wollen Sie mich sehen?" fragte ich, ohne große Umschweife zu machen. Nach Smalltalk stand mir heute nicht der Sinn.

„Weil Sie mich sehen wollen?" gab er zurück und schüttelte dann den Kopf: „Nein, das ist es nicht. Es ist auch nicht aus einem Schuldgefühl heraus. Für das, was ich getan habe, gibt es keine Entschuldigung. Und kein Baden in Schuldgefühlen kann es besser machen. Ich habe getan, was ich getan habe. Es war dumm. Es war falsch. Deswegen bin ich hier. Zu Recht."

„Das ist keine Antwort auf meine Frage", sagte ich.

Er nickte: „Das ist es nicht. Ich möchte nur, dass Sie verstehen, dass das hier keine Szene aus einer Fernsehserie oder einem Hollywood-Film ist. Ich sehe meine Schuld ein. Ich bereue zu einem gewissen Grad auch, was ich getan habe. Ich kann es aber nicht ungeschehen machen. Ich mache aber auch Jefferson Thomas keinen Vorwurf dafür, dass ich nun seit 34 Jahren hier bin."

Ich wurde ungeduldig: „Ich habe es verstanden. Könnten Sie mir nun endlich meine Frage beantworten?"

„Ich habe einem Treffen auf Vorschlag von James McKay zugestimmt, um ihre Geschichte zu erfahren", antwortete er.

„Was meinen Sie damit?" fragte ich.

„Stellen Sie sich vor: Sie sind auf einem Date. Was soll der andere von Ihnen wissen? Was ist Ihnen wichtig, das andere von Ihnen wissen sollen?" erläuterte er.

„Wir haben ein Date?" fragte ich entgeistert.

„Da meine Mutter die einzige Frau ist, die mich besucht, ist das für meine Verhältnisse so ziemlich nah an einem Date dran", entgegnete er ironisch. „Aber das mit dem Date war nur als Beispiel gedacht. Bitte erzählen Sie mir von sich. Aber nicht so, als wären Sie in einem Vorstellungsgespräch oder bei einem Verhör. Sie bestimmen ohne Druck, was wichtig ist. Und Sie sollen Spaß bei der Vorstellung haben."

„Ich will es versuchen", sagte ich, nachdem ich über seine Worte nachgedacht hatte. Was genau er wollte, hatte ich nicht verstanden, doch hatte ich eine ungefähre Idee, was es war.

Ich setzte an, frei weg und ungezwungen von mir zu erzählen. Bevor ich jedoch überhaupt ein Wort gesagt hatte, geriet ich ins Stocken. Ich setzte ein zweites Mal an und wieder zerfiel alles, bevor ich auch nur ein Wort gesagt hatte. Ein dritter Anlauf misslang noch kläglicher.

„Sie denken zu viel", hörte ich plötzlich Master Anderson sagen. „Machen Sie es einfach. Sagen Sie, was Ihnen lieb, teuer, wichtig ist.

„Ich versuche es ja", entgegnete ich und schloss die Augen. Ich atmete mehrmals tief durch bis ich ganz ruhig geworden war und meinen Geist entleert hatte.

Plötzlich klickte es und ein Schloss öffnete sich: Aus einer offenen Tür strömten Menschen, Begegnungen, Dinge, Geräusche, Gefühle, Gerüche, Erlebnisse, Eindrücke und Erinnerungen und begannen, mich auszufüllen. All das, was mir wichtig, teuer und lieb war.

Mit geschlossenen Augen begann ich, zu reden. Ich fühlte den Blick von Master Anderson, öffnete meine Augen aber erst wieder, nachdem alles, was mir lieb, teuer und wichtig war, durch mich hindurch gegangen war und es nichts mehr gab, von dem ich sprechen konnte. Durch meine Tränen hindurch sah ich ihn an. Er lächelte.

„Ihre Mutter hat genau das Richtige getan, wenn Sie mich fragen", sagte er. „Es mag sein, dass Sie auch hier glücklich geworden wären, aber das können wir jetzt nicht mehr herausfinden. Sie und ihre Brüder können stolz auf Ihre Mutter sein. Und auf Ihren Vater."

Ich wollte etwas erwidern, konnte es aber nicht.

„James McKay hat mir erzählt, dass ihre Mutter vor kurzem an Krebs gestorben ist. Es tut mir aufrichtig leid", sagte er und ich wusste, dass er es fürwahr aufrichtig meinte.

„Mit dem, was ich gesagt habe, möchte ich meine Tat nicht relativieren. Ich habe Ihrer Mutter den Mann und den Vater ihrer Kinder genommen. Ich habe Ihnen und Ihren Brüdern den Vater und ein Leben hier gestohlen. Ich habe Ihnen damals eine mögliche Zukunft zunichte gemacht. Ich bitte Sie heute, hier und jetzt, darum, sich von dem, was Sie in letzter Zeit erfahren haben, nicht das weitere Leben bestimmen zu lassen. Ich weiß, dass es paradox klingt. Ich habe nicht vor, Ihnen den leiblichen Vater ein zweites Mal zu nehmen. Ich bitte Sie nur darum, ganz genau zu schauen, was für eine Rolle er in Ihrem Vergangenen Leben gespielt hat und was für eine Rolle er in Ihrem jetzigen und zukünftigen Leben spielt."

Ich dachte darüber nach und nickte dann: „Danke", sagte ich. „Ich wünsche Ihnen alles Gute. Ich muss jetzt gehen."

Er nickte und ich stand auf und verließ den Raum und das Gebäude. Draußen auf der Straße hielt ich ein Taxi an und ließ mich zum Verlag *McKay & Son* fahren.

14

James McKay V schaute überrascht hoch, als ich unangemeldet sein Büro betrat: „Oh! Schon hier? Warum hast du nicht angerufen? Ich hätte dich abholen können."

„Wie du siehst: Es war nicht nötig. Ich habe auch so zum Verlag gefunden", erwiderte ich.

„Was hat Herr Anderson gesagt?" fragte er, woraufhin ich ausführlich von meinem Gespräch mit Master Anderson berichtete.

Aufmerksam hörte James McKay V mir zu. Als ich mit meinem Bericht fertig war, bemerkte er: „Was es mit den Manuskripten auf sich hat, wissen wir nun aber immer noch nicht."

„Das ist wahr. Vielleicht ist es aber auch gar nicht wichtig zu wissen", entgegnete ich.

„Mag sein. Ich habe jedoch noch einmal gründlich darüber nachgedacht, während ich hier auf dich gewartet habe. Möchtest du wissen, was ich denke?" entgegnete er.

Ich nickte.

„Erinnerst du dich, was A. J. Rix über die Bilder an der Wand sagte? Den Manuskripten waren zwei Fotos beigefügt. Zu jedem Manuskript ein bestimmtes Foto. Foto und Manuskript gehören jeweils zusammen. Ich denke, dass die Fotos zusammen mit den Texten für glückliche Augenblicke im Leben deiner Mutter mit Jefferson Thomas stehen, möglicherweise sogar für die glücklichsten Augenblicke in ihrem gemeinsamen Leben", führte er aus.

„Das soll des Rätsels Lösung sein? Der Schlüssel, der das Geheimnis aufschließt?" fragte ich nachdenklich. Unplausibel klang es nicht.

„Ich weiß nicht, ob es DIE Lösung ist. DIE Lösung kann eine ganz andere sein", antwortete er.

„Und welche ist es dann?" fragte ich.

Er dachte für einen Moment nach: „Die Manuskripte haben dir einen neuen Weg eröffnet, eine neue Chance im Leben zu ergreifen", sagte er dann. „Vielleicht. Wenn du sie ergreifen willst."

„Welche Chance soll das sein?" fragte ich und versuchte nicht dahin zu schauen, wohin James McKay V meinen Blick lenken wollte.

Er lächelte und seine Grübchen zeigten sich wieder: „Was macht jemand, der englische Literatur studiert hat und Leiterin eines Verlages in zweiter Generation ist, bei jemanden, der japanische Literatur studiert hat und Leiter eines Verlages in fünfter Generation ist, mit zwei unveröffentlichten Manuskripten im Gepäck?"

Ich schluckte: „Aber Mutters Verfügung...", versuchte ich einen Einwand anzubringen.

„Ja, die Verfügung deiner Mutter. Eigentlich steht sie dem entgegen", unterbrach er mich. „Aber uneigentlich habe ich mit unserer Rechtsabteilung gesprochen. Die Verfügung bezieht sich ausschließlich auf alle veröffentlichen und unveröffentlichten Texte unter und mit dem Namen Jefferson Thomas. Ich werde aber zur Sicherheit noch einmal andere Anwälte drübergucken lassen. Mein Vater macht mir sonst die Hölle heiß."

„Bist du dir sicher?" fragte ich.

„Nicht zu 100%, aber eigentlich schon", sagte er. „Also was ist? Ein gemeinsames Projekt zwischen deinem Verlagshaus und unserem? Wir können auch Jeremy Jones, Maggie Thomas und A. J. Rix mit an Bord holen. Das würde sie freuen. Und wir könnten Bücher machen, die Frankfurt noch nicht gesehen hat!"

James McKay V kam hinter seinem Schreibtisch hervor. Ich sprang aus dem Sessel, in dem ich mich nach dem Betreten des Büros hatte fallen lassen.

James McKay V trat vor mich hin und lächelte sein süßestes Grübchenlächeln: „Also? Was ist?" fragte er noch einmal und hielt mir die Hand hin: „Deal?"

Ich schaute von seinem Lächeln in seine optimistisch strahlenden Augen, die, was mir bisher entgangen war, grün waren, bevor ich meinen Blick auf seine Hand richtete. Es war eine Hand wie die eines Konzertpianisten oder Gitarrenspielers. (Was einem auf einmal alles an anderen Menschen auffällt!)

Ich schlug ein: „Deal."

Schlussbemerkung

Das, verehrter Leser, ist in gegebener Kürze die Vorgeschichte zu der historisch-kritischen Edition der letzten beiden zu Lebzeiten abgeschlossenen Werke des Autors Jefferson Thomas, von der Sie jetzt den ersten Band in Händen halten.

Judy Rea für die Verlage AquaPress, McKay & Son *und* Rea Media

Credits

Round-Trip

Idee: Traum in der Nacht vom 17. auf den 18.01.2021.

Handschriftliche Fassung: 903, 18.01.2021.

Computerfassung: 903, 25.01.2021.

Das Model

Konzept: 903, 17.12.2020 und 02.01.2021.

Handschriftliche Fassung: 903, 01.01.2021 und 02.01.2021.

Computerfassung: 903, 03.01.2021.

Winter in meinem Herzen

Idee: um den 07./08.01.2021.

Konzept/Plot: 903, 09./10.01.2021.

Handschriftliche Fassung: 903, 10.01.2021.

Computerfassung: 903, 12./13.01.2021.

Ein Schlüssel

Idee: 16.01.2021.

Handlung/Struktur: 903, 18./19.01.2021.

Handschriftliche Fassung: 903, 20.-24.01.2021.

Computerfassung: 903, 26.-29.01.2021.

Stand: 27.02.2021.

Dank an: Jethro Tull, Deep Purple, Melody Gardot, Dua Lipa, ABBA, Opeth, Dio, Camel, Symphony X, The Beatles, Simon & Garfunkel, Dire Straits, Chris Rea, Rory Gallagher, Johann Sebastian Bach, Johannes

Brahms, Dmitri Shostakovich, La Maschera Di Cera, Lady Gaga und Ihsahn; an Wong Kar-Wai und Shunji Iwai; an Paul Celan, John Le Carré, Donna Tartt, Michael Ende, Alexander Hill, Lily Brooks-Dalton, Hokusai, Koyoharu Gotouge und Keiichiro Hirano.

Impressum

Redaktionsschluss: 05.03.2021.

©2021 Jordan, David
Herstellung und Verlag: BoD - Books on Demand, Norderstedt.

ISBN-13: 9783753422565.

.